WILLIAM OSPINA

La serpiente sin ojos

William Ospina nació en Padua, Colombia, en 1954. En su carrera como poeta, ensayista y novelista, se ha hecho merecedor de diversos reconocimientos, como el Premio Nacional de Ensayo (1982), el Premio Nacional de Poesía (1992), el Premio de Ensayo Ezequiel Martínez Estrada de la Casa de las Américas (2003) y el Premio Rómulo Gallegos (2009) por la segunda novela de su trilogía sobre la conquista, compuesta por *Ursúa*, *El país de la canela* y *La serpiente sin ojos*.

La serpiente sin ojos

La serpiente sin ojos

WILLIAM OSPINA

VINTAGE ESPAÑOL
Una división de Penguin Random House LLC
Nueva York

ÍNDICE

Nuestras cabezas dormidas,
miles de años atrás, las bocas abiertas,
junto a la roca.

GERARDO RIVERA

Nacieron para alimentar a los pájaros de otro mundo. Nadie viajó tan lejos para encontrar su propia tumba. Buscando el oro de los alquimistas hallaron en su camino los reinos del Sol. De grutas de esmeraldas vieron volar escarabajos rituales, iguanas detenidas en los árboles batían ante ellos colas como látigos, ciénagas verdes de limo abrían de repente hileras de colmillos. Tuvieron que encontrar palabras nuevas para nombrar el mar, el río y el desierto, porque otra ballena marina les mostró sus ballenas, otra serpiente sucia de desastres los llevó bajo interminables días de lluvia, y otros arenales los fueron secando hasta que al final no eran más que esqueletos con ojos, rezando en latín a cielos pedregosos.

Buscando sus miedos de fábula, sólo sabían hallar en la selva las bestias que traían en sus entrañas. Reconocieron su propia inclemencia en los jaguares, su hambre en el aliento dulzón de los güíos, su envidia en la azorada rivalidad de los pájaros. Y fueron como inventos de su fiebre las torres babilónicas de las termitas, los ejércitos de arrieras embanderadas de verde que devoran en horas un árbol, las diosas bestiales que amamantan sus crías entre las raíces del mangle.

No sabían que las armas más poderosas que les había dado su Dios no eran los caballos obedientes ni los perros fornidos y sanguinarios ni los cañones que escupen el trueno, sino sus propios estornudos esparciendo la gripa y sus abrazos enfermos que hacían despertar en llagas *a los cuerpos desnudos. Mucho antes de su llegada a las aldeas ya la pulmonía que trajeron había arrasado provincias enteras y la viruela negra volvía podredumbre viviente los cuerpos de los indios. Por eso su llegada fue vista con terror antes de que se conocieran sus intenciones, antes que la maldad de las almas confirmara la pestilencia de los cuerpos.*

Venían buscando la vida desde aldeas hambrientas, humilladas por la guerra y la peste, pero depositaron los huevos del infierno en las flores paganas del paraíso.

Creían buscar el futuro, pero traían las almas llenas de brujas y de duendes; buscaban en estos mares sus viejas y gordas sirenas; debajo de los yarumos color ceniza, rijosas colinas de sátiros; buscaban duendes torvos y amazonas mortales, y en todo veían al viejo demonio baboso que les había enfermado la vida en sus aldeas de piedra, que enroscaba su cola en los campanarios, que rayaba en la noche los muros con uñas de barro, que se montaba a medianoche en el vientre de las vírgenes y que infestaba de pedos repugnantes las iglesias saturadas de incienso.

Pensaban mal y veían mal y olían peor; perdieron un mundo para el mundo y ganaron un mundo para su rey y su Dios, pero entre ellos muy pocos habían sido hechos para triunfar. Detrás de los jefes arrogantes y oprobiosos, que se forraron de oro, venía una tropa temeraria y brutal que perdió en estos mares el cuerpo y el alma.

En la cresta de la ola estaban los virreyes y los gobernadores, los funcionarios y los encomenderos, pero debajo se agitaba un oleaje de descontentos y de resentidos que no serían nunca dueños de los grandes tesoros; hombres más duros y audaces incluso que sus jefes, autorizados a todo por la ceguera de los clérigos, por la arbitrariedad de los oficiales y por la negligencia de la corona.

Los que maceraron como barro la carnaza de los nativos para alimentar perros y sueños, los que recibieron por igual los flechazos de los indios y el desprecio de los ricos, el beso de las mandíbulas del caimán y la caricia del frío de los calabozos, la música dura de las órdenes incesantes y el rastro de los gusanos en la piel ulcerada.

Sin entender jamás estos reinos, vinieron a engendrar en su arcilla una humanidad perpleja que no puede creer en Dios pero lo necesita, que no consigue creer en la Ley pero no puede vivir sin invocarla, que no consigue amar el mundo en que nació porque la herencia venía profanada y calumniada, porque el tesoro estaba saturado de maldiciones.

A ti te invoco, sangre que se bebió la selva, para que alguna vez en el tiempo podamos domesticar estos demonios: la lengua arrogante de los vencedores, la ley proclamada para enmascarar la rapiña, la extraña religión que siente odio y pavor por la tierra, y ese poder tachonado de símbolos, el espejo que no nos refleja. ¿Quién nos dirá si lograremos un día que esta lengua soberbia de procónsules, estos estrados de balanzas irónicas, este impalpable dios de otro mundo y este secreto manantial de la fuerza se parezcan un poco a nosotros?

1.

DETRÁS DE LAS SELVAS CERRADAS

Detrás de las selvas cerradas había un reino de agua. El perro del capitán lo olfateó primero: ladró de gozo entre los árboles llenos de líquenes, fue detrás de su amo hasta la última loma, y después corrió alrededor de él pendiente abajo, haciendo rebrillar al sol su collar de oro macizo.

Era un alano fuerte de pelaje dorado, el hocico era negro, tenía manchas oscuras alrededor de los ojos.

El rubio Blas de Atienza y Sebastián Moyano y Pizarro el porquero eran visibles atrás porque llevaban todavía sus morriones con plumas, mientras los otros soldados en andrajos y centenares de indios desnudos avanzaban más lentos, llevando las mulas con fardos y los largos pendones del emperador y de Santa María la Antigua ya enarbolados en sus astas.

Habían librado un combate dos días atrás por las tierras de Chiapes, el sueño no había cerrado sus ojos desde entonces, y venían agobiados en los petos de acero por el calor y por la humedad. Después de avizorar desde lo alto la llanura resplandeciente, tres grupos salieron a buscar un camino hacia el agua y ahora estaban llegando.

Era verdad lo que les había dicho el indio: detrás de las selvas cerradas estaba escondido otro mar. Balboa se dijo en los montes que una hormiga puede esconderse, que una rana venenosa puede agazaparse en las hojas grandes, que un riachuelo puede ocultarse corriendo entre las piedras manchadas, pero era inaudito que todo un océano hubiera permanecido oculto desde siempre, agua del diluvio empozada en un cántaro nutriéndose de rayos y tormentas.´

Un indio con cara de luna negra le dijo que aquel mar había brotado de una calabaza gigante; otro, que había caído a chorros de las hojas del cielo, y los guerreros heridos de Chiapes veían en las estrellas los ojos de oscuros cangrejos.

Era como un milagro sobre las selvas negras ver en el cielo luminoso el remolino de los alcatraces.

Blas recordaría siempre esas horas, cuando el mar no era visible pero ya se sentía su olor en el viento. Y el descenso a zancadas, y la carrera por la playa increíble, porque él fue el segundo en entrar en el agua espumosa. Vio a Balboa cantando el *Te Deum laudamos*, gritando su proclama y sus rezos, clavando una vez y otra vez la bandera en el lecho de arena y de espuma, y mirando, sin poderlo creer todavía, el mar gris, el mar ilimitado, el mar salvaje que se extendía ante ellos y que ningún hombre de su tierra había contemplado jamás.

Después vio a los soldados que mostraban al mar como rezo y conjuro el estandarte con los dos ángeles, la Virgen y el niño, la rosa y el jilguero. Vio cómo cuartelaban con la mano derecha la espuma, alzaban en la playa pirámides de piedras y a golpes de daga herían con frases latinas el tronco de los árboles.

Era un muchacho rubio y ávido, de ojos grandes y grises y manos rapaces, nacido veintitrés años atrás en la Villa de Atienza, y había llegado a las Indias en una de las cuatro carabelas de Ojeda. En su navegación desde el puerto de Cádiz no dejó de sorprenderse un solo día, porque había pasado la infancia en aldeas polvorientas y el exceso de agua le llenaba de un miedo alegre los pulmones.

Vivir la soledad de lo desconocido era ya una experiencia agobiante, pero además estaban los vientos, lamentos lóbregos que arreciaban de noche, el grito sonámbulo de algún marinero en la oquedad de las bodegas, el lento horizonte que asciende y desciende sin tregua. Y el mareo de los primeros días, el olor del vómito sobre la borda, los humores de los soldados durmiendo en montón en el vientre del barco, un miedo impreciso que es casi la certeza de que no regresaremos jamás.

También a lo imprevisto se acostumbran los cuerpos, y Blas de Atienza no llegó a preguntarse si le gustaba o no la aventura, porque después del vértigo y de la tormenta, de fuegos fatuos lloviendo sobre los mástiles que crujen, de la fosforescencia de las lanzas en la noche de grandes estrellas, del arco rojo de los peces que astillan el agua y de la cabellera de pesadilla de los sargazos que hacen pensar que el barco navega sobre llanuras vegetales, la llegada al puerto había sido como entrar en una taberna llena de riñas y gritos, y la noticia de un mar desconocido llenó todo el espacio de su mente.

Con la noticia del mar apenas descubierto, la corona se animó a fletar por fin una expedición de conquista; obispos predicaron en España que un mundo lleno de riquezas estaba esperando en las Indias y que el tesoro real pagaría los gastos del viaje, y de toda la península acudieron hidalgos y labriegos, lo mismo que artesanos de variados oficios.

Después de vender aprisa tierras y haciendas, las herencias, las rentas, dos mil doscientos hombres se embarcaron en cincuenta navíos cargados también de caballos ariscos y vacas apacibles, de perros ofensivos al oído y cerdos engendrados para el cuchillo, de gansos estridentes y gallinas sonámbulas.

Venían muchos jóvenes de estirpe guerrera, como el bullicioso Miguel Díez de Aux, el memorioso Bernal Díaz del Castillo, el último que queda vivo de cuantos vieron al emperador Moctezuma, y el paje de la corte Gonzalo Fernández de Oviedo, que todo lo veía y todo lo nombraba, aventureros que envejecerían después en el Nuevo Mundo. Y todos navegaban bajo el mando de un varón descomunal, Pedro Arias de Ávila, una cabeza más alto que el más alto de sus hombres, quien sabía que sería muy difícil encontrar por los caminos un ataúd de su talla y viajaba siempre con su propio féretro de lujo, en el que cada noche dormía para irse acostumbrando a la muerte.

Este Pedrarias conocía bien su misión en las Indias: cobrarle a Balboa con intereses todas las cosas buenas y malas que se decían de él en la corte, esos rumores que semana tras semana alteraban el ánimo del católico rey Fernando de Aragón. No habían pasado veinte años desde la aventura de Colón, y los barcos que desafiaron el vértigo habían tocado apenas las costas de Tierra Firme, pero ya se contaban historias escandalosas de guerras entre los propios españoles, de saqueos en las islas, relatos de hombres abandonados en golfos impíos, de lianas de la selva que se habían convertido en horcas de cristianos, y del barco indigente de Nicuesa abandonado por sus propios subalternos a las inclemencias del agua.

Pero una cosa era llevar cuentos a España y otra cosa vivir los episodios confusos de la Conquista. A veces los subordinados, como Balboa, resultaban más responsables que los jefes, peones sin nombre se revelaban más diestros y valientes que los príncipes, meros polizones llegaban a ser los verdaderos descubridores, mostraban ser capitanes justos e intachables allí donde los jefes sólo eran capaces de codicia y de odio. Y Pedrarias ganó con méritos fama de cruel e infame, porque en una sola tarde hizo cortar la cabeza de Balboa y de tres de sus hombres. Cuando, viendo que venía la noche, la multitud le pidió que perdonara al quinto condenado, él mismo tomó el hacha e hizo caer la noche sobre Fernando Argüello. Una leyenda dice que cinco cabezas encendidas lo iluminan en el infierno.

España era un jinete gobernando una criatura desconocida sin saber si era un potro o un pájaro, un pez dorado que emerge del mar o un pulpo de incontables tentáculos. Habría sido preciso tener ángeles en los barcos para saber a la distancia todo lo que hacían los aventureros; la de la corona no era la justicia divina y era fácil que las potestades, atendiendo rumores, premiaran la traición y castigaran la lealtad.

Otros lo dudarían después, pero Blas no olvidó nunca que había sido el segundo en entrar en el mar del Sur. Se lo contó a su hija, y fue ella quien me lo contó a mí, en los días alegres de la selva, antes de la mañana sangrienta. Me contó que, después de que a Balboa lo arrestó la perfidia de su amigo Pizarro y lo condenó la codicia de su amigo Espinosa y lo decapitó el hacha de su suegro Pedrarias, después de que esos hombres mediocres y brutales se unieron para sacar del camino a Balboa, Blas de Atienza siguió convencido de que su destino lo aguardaba en ese mar nuevo, y vivió largo tiempo en el istmo, preparando su hora.

Balboa había vencido con armas o convencido con argumentos a indios de veinte reinos. Había porfiado y negociado con pequeños y grandes reyes de la selva: Careta, Ponca,

Chape, Bonaniaima, Cuquera, Tecra, Pocorosa, Comogre, Chuirica, Otoque, Pacra, Pucheríbuca, Tubanamá, Tamao, Tenoca, y Tamacá y Juanaga y Careca y Chorita, entre los que más se mencionan; caciques de diademas de oro y de diademas de mimbre, jefes que habían brotado del mar o que habían nacido de huevos jaspeados en el interior de unos nidos oscuros, príncipes y magos cuyas vidas estaban contadas en vibrantes tejidos de colores, potestades de lengua chibcha que mandaban sobre legiones de alfareros y de cazadores, en selvas de escarabajos y libélulas de colores sin nombre, en tierras azoradas por lagartos enormes.

Esos indios entendidos que habían llegado a firmes acuerdos con Balboa no soportaron después las brutalidades de Pedrarias, el verdugo eminente; combatieron su ejército recién desembarcado como nunca habían combatido a las tropas escasas de Santa María la Antigua del Darién, y persistieron en el esfuerzo de matar aquel muerto descomunal con dardos o con rezos.

Blas nunca supo si era cierto que el perro de Balboa murió de hambre en Acla sobre la tumba de su amo, con el collar de oro todavía en el cuello porque ninguno de aquellos traidores se había atrevido a quitárselo. Al perro leonado lo habían vuelto salvaje y lo hicieron devorar a muchos indios, pero era tan aguerrido y eficiente que Balboa le pagaba un sueldo mensual como a un alférez más de sus tropas, y un día le puso con insolencia ese collar de oro que sin duda sólo perdió después de muerto. Porque así como esta conquista cambió el destino y la condición de muchos soldados, vio perros mejor tratados que los indios y más ilustres que los otros perros, que los otros hombres.

La voz salada

Di con tu cara de luna negra que el mar brotó de una calabaza
                                        [gigante.
Di con tus labios de jagua, de semillas de noche, que este mar gris
                                [estaba empozado en las hojas,
que este mar cayó a chorros de las hojas grandes del cielo.
Di con labios de heridas que esas luces de arriba son los ojos de los
                                        [negros cangrejos.

Como la madre gris que nunca calla, vuelve a decir que sólo vale
                                [lo que se dice para siempre,
lo que puede escucharse una vez y otra vez y otra vez, sin
                                                [cansancio,
como esa voz salada de la ola que vuelve.

2.

ABANDONARON LA CIUDAD EN LA PLAYA DE LEÑOS MUERTOS DEL DARIÉN Y POBLARON A PANAMÁ

Abandonaron la ciudad en la playa de leños muertos del Darién y poblaron a Panamá, en litorales tan radiantes como los del golfo de San Miguel, pero más cenagosos y tranquilos. Varios años dedicó allí Blas a los negocios y las pequeñas navegaciones, y a consolarse de las penurias del presente recordando los triunfos del futuro. Porque un hombre no soportaría la inclemencia de las Indias si no fuera por el futuro que imagina, por la terca certeza de que en alguna parte lo está esperando un tesoro que será sólo suyo, que ha sido destinado para él por los dioses de la fortuna desde los comienzos del mundo.

Pensaba a veces en su aldea apacible, en sus antepasados romanos que inventaron los códigos y los acueductos, la oratoria y la burocracia. Se veía a sí mismo repitiendo en un mundo distinto las hazañas de aquellos tribunos y líctores, pero el tiempo pasaba y la aventura parecía haberse estancado en las selvas cerradas y a la orilla del mar que el primer día les pareció luminoso de promesas. Finalmente Blas se hizo, no amigo, porque era hombre de temperamento solitario, pero sí aliado de Pizarro y de Almagro. Vivió los ruidosos preparativos del viaje al país de los incas, las noticias crecientes de ese reino en el sur que ya Balboa había presentido, las alianzas de los jefes, los viajes para explorar litorales incógnitos, los préstamos de ducados y de barcos, los primeros intentos y las primeras islas monstruosas, pero tuvo también la fortuna de estar en la cubierta frente a las costas del Perú el día grande en que avistaron en la bruma la fortaleza de Tumbes, evidencia segura del reino presentido de las montañas.

Blas tenía ya treinta años y era del linaje de los descubridores. Buscaba el oro, sí, pero era capaz de ver la firmeza de las construcciones, los penachos de plumas, los tejidos riquísimos, el vuelo bajo de los cóndores, la lisura de las piedras en los templos del inca, los ojos grandes y oblicuos de las muchachas de la familia real.

Y al parecer estaba mejor hecho para el amor que para la guerra, porque el día en que entraron con Hernando de Soto en el refugio del rey en las montañas, mientras los otros soldados recorrían con ojos recelosos las largas filas de flecheros y de lanceros incas, él se quedó mirando desde su caballo el cerco de mujeres que envolvía como una flor al extraño rey al que estaba prohibido mirar. Y entre todas ellas dicen que vio sólo una.

No sé cómo se encontraron, pero me alegra saber que en medio de tantas escenas de sangre y de horror que abundaban en aquellos días, hubo también, más oculto a los ojos del mundo, un cuadro que no fue de violación ni de infamia, sino la secreta conquista de aquella muchacha por este soldado que la amó con sólo verla, y que comprendió en el abrazo que su larga demora en el istmo no había sido una espera de tierras y crímenes sino del amor que le habían guardado las estrellas.

Gentes de la casa virreinal afirmaban que la madre de Inés había sido una princesa chimú, de la solemne ciudadela de barro de Chanchán, que mira con ojos sedientos al mar, y que Blas la había encontrado cuando recorría los litorales resecos, por los días en que Atahualpa estaba prisionero y largas hileras de sus súbditos, cada hormiga con una piedra de oro, subían a los montes de Cajamarca a llevar el rescate. Pero la propia Inés me aseguró que su madre era en realidad una de las hermanas del inca, refugiada en la ciudadela después de la masacre.

Lo cierto es que meses después, la noche misma en que mataron a Atahualpa, en que lo estrangularon apretando en su cuello una cinta de acero atada a un tronco, cerca de allí nació la hija de los amores de Blas de Atienza con la hermana imperial. Y a diferencia de Pizarro, que sólo pensaba en el poder y en la política, y a semejanza de Almagro, que supo llevar a su lado al hijo de sus amores, Blas amó a esa niña, en la que se juntaban las aguas de dos ríos tan distintos, como habría amado a una hija nacida allá en su vieja villa polvorienta de España.

Inés fue poderosa desde pequeña, y se vio reflejada en los ojos de aquel hombre que había descubierto un mar para llegar a engendrarla. Por eso decían en Chanchán que la noche en que murió Atahualpa nació una raza nueva; y sobre esas montañas manchadas de sangre y de odio, donde las ciudades fueron profanadas y los quipus fueron deshechos y las historias fueron borradas, también el amor volvió a encender hogueras, más valiosas aún porque el Sol había muerto.

Las guerras de Pizarro contra los generales incas dieron mucha riqueza a los primeros capitanes. Hombres que venían del hambre y la intemperie, de aldeas pedregosas y cunas miserables se vieron de repente dueños de provincias enteras, abundantes en riquezas y en siervos. El marqués Pizarro benefició a Blas, como a mi padre, con minas y encomiendas, pero era desconfiado y rencoroso, y nunca olvidó que Blas de Atienza fue uno de los once españoles que se opusieron a la ejecución de Atahualpa.

Blas lo acompañó en el reparto de encomiendas en San Miguel de Piura. Allí, a la sombra de la cruz y regadas con sangre, las provincias de Catacaos y Chira con sus miles de indios le correspondieron a Gonzalo Farfán de los Godos; la de Poechos a Andrés Durán y Juan de Coto; la de Jayanca, con sus tumbas de piedra, a Francisco Lobo; la de Tangarará, atravesada de llamas, a Francisco Lucena; la del Valle de Copiz, con sus aguas de un verde tranquilo, a Francisco Quiroz y Quintanilla; las de Motupe y Huancabamba, con pueblos de colores y vertiginosas terrazas de maíz, a Diego Palomino; las peñas de Moscalá a Diego de Fonseca; los abismos de Pabur a Juan Trujillo; los bosques prietos de Ayabaca a Bartolomé Aguilar; los cabos de Punta Aguja a Miguel Ruiz, el cojo; la sierra de Amotape con sus superpuestos arco iris a Juan Barrientos; las tierras que ciñen la fortaleza de Cocola a Pedro Gutiérrez de los Ríos, y las arboledas negras de Colineque a Baltasar Carvajal.

Blas fue entre ellos nombrado primer alcalde de Piura, pero siguió su camino por el litoral y fue fundador de Trujillo, cerca de Huanchaco, junto al mar que él mismo había descubierto. Con Martín de Estete, llegado también con Pedrarias y primer conquistador que trajo a su mujer al viaje; con Gómez de Alvarado, que aún llevaba fijas en la pupila las barcas de flores de Tenochtitlan y templos escalonados oscuros de sangre humana; con Vicente de Béjar y Juan de Osorno, alto encomendero del valle de Túcume, que después legaría tierras y legiones de indios a su hijo Melchor; con Francisco Luis de Alcántara, hermano de madre de Francisco Pizarro; con Antón de Pero Mato, Miguel de la Serna y Miguel Pérez de Villafranca; con Andrés Varo y Diego Verdejo y Antón Cuadrado y Melchor Verdugo, intentó darle a la ciudad recién fundada el estilo o al menos el sabor de su villa castellana, sólidos muros, grandes templos, exquisitos balcones, rejas con flores, y se inquietó por las repeticiones de su destino, porque la suerte quiso que le tocara una región similar a la de su pueblo de origen, donde lo más escaso era el agua.

Había que buscar el agua en las montañas y hacerla descender hasta el litoral. Para ello recordó una vez más la ingeniería de sus antepasados romanos y el deleite que sintieron los moros de su tierra trazando canales en los patios de los palacios, y construyó el primer acueducto de Trujillo, que hizo florecer lotos de agua en la vecindad del desierto. Pero aprendió también de los chimúes, que hace cientos de años cavaron grandes estanques rectangulares al amparo de sus muros de barro exornados de peces, estanques donde manan las aguas profundas y donde apagan su fiebre al mediodía los viringos, los oscuros perros sagrados.

Así hizo brotar Blas de Atienza el agua de Trujillo, y mientras despertaba a los dioses del agua veía crecer a su hija mestiza, cada día más bella, con grandes ojos oblicuos de india, con cabellos negros llenos de estrellas, con dientes blancos de princesa de las montañas, con pupilas gris perla de mujer castellana, con labios rojos de gitana, con una piel canela que nadie habría rechazado como andaluza, pero con los pómulos de grandes arcos de las hijas del Sol.

Siempre ha sido un enigma para mí lo que pasó con la hermana de Atahualpa. Todos dijeron que la madre de Inés, la princesa, murió con su Imperio, pero nadie supo decirme, en la dispersión que siguió al gran saqueo, si fue una de las enfermedades llegadas con los invasores, o el duelo por la muerte del Sol, o algún mal influjo de la Luna indignada lo que llevó a la Coya a reunirse con las madres en los valles lunares.

Lo cierto es que la hermosa india dejó en manos de Blas a esta hija de su juventud, y el viejo encomendero se encaprichó de tal manera con la niña, que la puso a vivir como una reina en sus haciendas del litoral, como intentando corregir en ella las atrocidades que los españoles hicieron a los incas.

Para Inés se afanaban las nodrizas indias, para Inés tejían los tejedores, para Inés traían las llamas los cántaros con leche de vaca y los bultos de maíz y de trigo, y ante Inés se inclinaban las filas de indios sujetos en las encomiendas. Veían en ella el poder de los nuevos amos que ahora sometían la cordillera, pero también la dignidad y la imagen de los poderes que se habían desplomado con los truenos de Cajamarca.

Y Blas supo explotar esa doble condición de su hija: nadie como ella parecía engendrado para reinar sobre los litorales. Fue tal la evidencia abrumadora de ese destino que, cuando la niña tenía trece años, el viejo Blas enfermó malamente, al parecer a consecuencia de un viaje por los páramos: buscaba en vano el aire, se llenaron de agua sus pulmones, y de nada sirvieron las riquezas, ni ampollas y sangrías de los cirujanos de la Ciudad de los Reyes de Lima, ni el silbo con cascabeles de los indios viejos, ni el llanto ceremonial de la servidumbre, porque el considerable Blas de Atienza dejó huérfana a su hija, apenas entrada en la adolescencia, y convertida en la joven más rica de la región y la más poderosa.

Pocos años bastaron para convertirla también en la más bella y en la más codiciada por los señores españoles que se repartían el reino, y no hubo quien no quisiera para sus hijos o para sí mismo la belleza de Inés de Atienza, adornada con la riquísima herencia que la muchacha había recibido de su padre.

Canción de la hermana de Atahualpa

Venía el Sol a saludar a los hombres de hierro pero ya estaba
                              [agazapado el Trueno.
Venía como siempre, luminoso, lleno de dones, a repartir la luz
                              [entre los hijos,
pero el veneno azul ya estaba en el fondo del plato.
¿A dónde has ido, hijo de mi padre,
qué oscuridad te envuelve, qué serpiente gigante cuya cola nos
                              [azota a todos con las tinieblas?
Yo que bebí contigo la leche de los senos oscuros,
y vertí después leche de mis pezones en tus labios,
y te abracé junto al vapor del estanque que exhala un perfume de
                              [flores,
vi el temblor de extrañeza en tus párpados, cuando te dijeron que
                              [bestias brillantes remontaban la cordillera,
y para sosegarte acaricié tus tobillos donde están anudadas las
                              [cintas de oro.
Mírame ahora encerrada en tinieblas aunque parezca haber luz en
                              [las cosas,
mírame ya perdida porque no tengo tus manos sobre mis hombros,
mírame ya besando con amor a uno de tus verdugos.
Cuando el sueño me diga dónde están esparcidos tus huesos,
mi padre, mi hermano, mi hijo, sol alto de mis días, fuego en mis
                              [noches,
voy a dejarlo todo, voy a dejar el lecho de mi guerrero,
y bajaré hasta ti, para ver otra vez nuestro reino como era en el
                              [tiempo de oro,
cuando la lenta vicuña, arriba de las nubes, masticaba la noche,
cuando los quipus grandes de las ancianas hacían brotar historias
                              [de nuestra infancia,
cuando el cielo tan dulce y tan dulce de estrellas no se había caído
                              [en el pozo.

3.

LA CASA ERA UN PALACIO DE GRANDES PAREDES DE PIEDRA

La casa era un palacio de grandes paredes de piedra, con arcos blancos y amplias escaleras. Y se había ido llenando de cosas traídas de España, porque Blas atendía con la misma diligencia los deberes familiares que el llamado de la guerra, esa discordia entre capitanes españoles que había reemplazado la discordia entre Huáscar y Atahualpa, los hijos de Huayna Cápac, hijo de Túpac Inca Yupanqui y nieto noveno del gran Pachacútec.

La infancia de Inés tuvo como paisaje de fondo las guerras de su sangre: los indignados avances de los almagristas, las emboscadas sinuosas de los pizarristas, el reagrupamiento de los incas de las montañas bajo las alas de cóndor de Manco Inca Yupanqui, el asedio del Quzco por una muchedumbre de incas, armados de cantos y oraciones pero también de flechas con espuelas de fuego, el remoto fragor de las incursiones de Valdivia hacia el sur, el aullido de dolor de los pueblos indios bajo el galope de Belalcázar hacia los cañones del norte. Noticias de júbilo y noticias de angustia pasaban sin cesar bajo los arcos de la gran casa de Trujillo: el asesinato de Almagro, el alzamiento de su hijo el mestizo, la muerte de Pizarro, que tuvo la vida entera doce hombres fieles a su lado y en el último instante por rara simetría se vio derribado por doce enemigos.

Tras el poder fugaz de Vaca de Castro vino el breve verano de los hombres de Ávila al mando del virrey Blasco Núñez de Vela, quien a fines de abril de 1544 avanzó desde Tumbes y Piura, tomando posesión del reino con un cortejo lujoso, y se hospedó bajo los grandes arcos de la casa de Atienza, complacido con la bella niña de once años, y vestida como una reina, que era su anfitriona.

(Me conmueve que Lorenzo de Cepeda y Ahumada, el más joven de aquel cortejo, que había conocido a mi amigo Pedro de Ursúa, un muchacho de dieciséis años, en Valladolid, meses atrás, que había visto con él los borrosos toros de piedra de la Sierra de Gredos y cabalgado con él a Sevilla, y que volvería a verlo poco después en la Ciudad de los Reyes de Lima, haya conocido también a aquella niña en su mansión de Trujillo, sin presentir siquiera que esas dos criaturas, que a través suyo unía imperceptiblemente el destino, terminarían fundidas en una sola fiebre de aventura y de muerte.)

El virrey venía a hacer aplicar las Nuevas Leyes de Indias, y nada podía complacerlo más que verse atendido por una pequeña princesa mestiza en la que estaban aliadas para siempre la cristiana sangre de Iberia con la sangre pagana de los hijos del Sol. Pero dos años después, bajo los mismos arcos blancos por donde salió el virrey entró la noticia de su muerte, y como entre los once y los trece años hay un abismo en la memoria, lo que supo la muchacha fue que el rebelde Gonzalo Pizarro había arrancado horriblemente de sus hombros la cabeza barbada de aquel anciano que a ella le había sonreído en la lejana infancia.

Fue ese el mismo año en que murió Blas, el encomendero, e Inés no tuvo que hacer esfuerzo alguno para empezar a mandar, porque para eso la había criado el hombre muerto. Como su prima lejana, la pequeña Francisca, hija del propio marqués Francisco Pizarro y de la ñusta Quispe Sisa, y como los hijos, menos afortunados, de Cuxirimay Ocllo, también Inés tuvo en sus primeros años maestros de clavicordio y de danza europea. Pero si bien servían soldados de España en aquella mansión: Osorno, el fornido; Cuadrado, el maestro de albañilería; Verdejo, el herrero, y Verdugo, el comerciante, hombres fieles al viejo señor que sirvieron con fidelidad también a su hija, se decía que en ciertos cuartos había mujeres indias tejiendo grandes mantas para Inés, viejas que eran sus consejeras, que la arrullaban en las noches, que la peinaban con peines de plata, que se sometían a sus caprichos, y hasta hubo quien afirmó que viejas ceremonias paganas se celebraban en aquellas habitaciones al amparo del oro y de las sombras.

Pero es que la envidia también empezaba a cercar la casona de los Atienza, grande, con altos balcones enrejados y patios de piedra, a la que entraban en tiempos de Blas los grandes señores del reino, y en los primeros tiempos de su hija sólo amigos de infancia y viejos compañeros de su padre. Ella creció sin rienda, y además la fortuna la hizo libre, de modo que las mujeres de los otros encomenderos no solían frecuentarla. En vida de su padre la desdeñaron como a una pequeña expósita que hubiera sido recogida por caridad; cuando se quedó huérfana no la compadecieron, sino que soñaron con que desaparecería entre la masa oscura de los derrotados, pero cuando advirtieron que legalmente había heredado tierras y encomiendas, casas grandes y minas, indios y muebles y vajillas, la vigilaron por su extrañeza, la envidiaron por su belleza, la temieron por su poder y por su vida fronteriza entre el lejano mundo español y los túmulos de la cordillera, de modo que en el centro de Trujillo creció entre las rosas recién traídas esa inquietante flor de cardos, ardiente y peligrosa, que pocos veían pero en la que todos pensaban y que para muchos era una viva tentación.

Inés no pareció darse cuenta de la bruma de rumores que crecía con ella. Tuvo algunos romances que no fueron clandestinos ni célebres, pero ningún hombre pudo envanecerse de haber alcanzado el rosal de aquella muchacha secreta. Y cuando la joven cumplió dieciocho años, la ciudad de Trujillo despertó a la sorpresa de que Inés de Atienza se había comprometido en matrimonio con un encomendero rico y joven, uno de los recién llegados a las Indias: Pedro de Arcos.

Toda la nueva sociedad de Trujillo asistió a la boda y después a la fiesta en la propia casa de Inés. Allí las mujeres de los encomenderos, incluida la empinada mujer de Estete, Florencia Eulalia Josefina de Mora y Escobar Alvarado, seguida por sus siete doncellas, aprovecharon para husmear y ver cuánta verdad podía haber en los rumores del mundo desordenado y oscuro de la hija de Atienza. Pero todo en aquella casa estaba a la vista y todo era especialmente rico y brillante, muebles y jarrones, grandes baúles de madera y de cuero, abundantes despensas, cortinas, armarios llenos de trajes, y las cocinas espaciosas y más allá las habitaciones de los criados, y cuadras de caballos y corrales de ovejas. Nada parecía confirmar una excesiva pertenencia de Inés al mundo de los indios, y muchas damas incluso sintieron que la casa de Inés estaba mejor dotada, y era más limpia y fina que las suyas. Había por ejemplo buena cantidad de palanganas, de aguamaniles y de jarras de plata, y un ingenioso sistema de provisión de agua que había sido invento de Blas por los tiempos en que construyó el acueducto de la ciudad.

Lo más indio que había en Inés era su pasión por los baños con hierbas perfumadas, el cuidado amoroso con que sus damas de compañía la bañaban largamente en cámaras con aguas humeantes, y la secaban y la perfumaban junto al patio de piedra bajo el sol cegador de los litorales, y el cuidado con que la vestían, que hacía que Inés pareciera menos la hija de un encomendero que una princesa de la corte del rey Felipe o del propio Atahualpa. Ya se sabe que en ningún lugar del Imperio las mujeres aprendieron a vestirse con más lujo que en el Perú, y la bella Inés no sólo superaba en esplendor a las orgullosas mujeres de Trujillo, sino que llegó a rivalizar con las más adornadas de Lima, los tornasolados pavos reales de la corte virreinal.

La boda sirvió para que Inés entrara a formar parte aceptada de la sociedad de Trujillo, y la fiesta casi sirvió para que muchos rumores se disiparan. Pero como la mayor parte de ellos no nacía de evidencias sino de pasiones, de recelos y envidias pertinaces, pronto afloraron de nuevo. Pedro de Arcos amaba apasionadamente a su mestiza, y la exhibía con orgullo, de modo que todo empezó a ser atribuido a alguna suerte de embrujo indio, a un bebedizo o sortilegio de aquellos a que los indios son aficionados; y a medida que Inés se hacía visible les iba pareciendo también vistosa en exceso a las gentes del pueblo. Cuánto habrían querido doña Florencia Eulalia Josefina y sus doncellas interrogar en detalle al cura que la oía en confesión, pero Inés no les dejaba mucho espacio para rumores. Si salía de la casa era sólo para ir a la iglesia, acompañada por sus criadas, y vivía recogida en su mansión la mayor parte del tiempo. Cuando Pedro de Arcos acudía a responder por sus asuntos en Lima, Inés ni salía a la puerta. Se diría que era la esposa más fiel, la mujer más bella y la joven más discreta que había en la ciudad, y por más que los postigos se abrieran y el tema se formulara y los ojos fisgonearan golosos, nadie encontraba motivos serios para hablar de ella.

Entonces ocurrió el asunto aquel del sobrino del virrey.

El juego

Dos dedos que se tocan en el extremo
son el pico sagrado del coraquenque,
y los tres extendidos son su penacho.

Tres dedos juntos son la cabeza de la alpaca,
y los dos extendidos son sus orejas.

Ahora las dos manos enfrentadas:
dos coraquenques que se miran de frente.

Si las llevo a tu rostro mis manos son tu máscara.

La niña tiene cara de dos pájaros,
la niña tiene plumas de coraquenque.

Y si bajo dos dedos,
dos alpacas se miran sobre sus ojos.

4.

CUANDO EN 1557 LA CORTE
DE DON ANDRÉS HURTADO DE MENDOZA

Cuando en 1557 la corte de don Andrés Hurtado de Mendoza y Bovadilla, marqués de Cañete, tocó tierra peruana, los notables que lo esperaban en el puerto vieron bajar del galeón a un hombre ebrio, joven y altanero. Todos corrieron a ofrecer su saludo y su reverencia, y el besamanos ya llevaba un buen rato, cuando el verdadero marqués, caballero pesado y venerable, apareció en el puente del barco. El mozo que usurpaba los honores era su sobrino Francisco de Mendoza, confiado al amparo del virrey por una hermana viuda.

No es que me proponga ocupar por fuerza un lugar en este relato, pero es necesario contar que yo era entonces secretario y amanuense del virrey. El problema fue que, apenas descendido en las marismas de Castilla de Oro del galeón que nos trajo de España, listo para asistir a su posesión en la Ciudad de los Reyes de Lima, un lance inesperado me retuvo en el istmo, cuando la corte virreinal ya se embarcaba sobre las aguas del mar del Sur. Para mayor contrariedad, el cirujano me ordenó permanecer inmóvil varias semanas antes de comenzar mi trabajo, y ello me demoró en Nombre de Dios, pero gracias a esa demora pude hacerme amigo del nuevo jefe de la tropa real, quien tenía el encargo de pacificar a los cimarrones rebeldes, atrincherados en palenques en las tórridas selvas del litoral.

Empezaba a familiarizarme de nuevo con el ritmo loco de las Indias. Aunque había nacido en La Española treinta y cinco años atrás, y aunque formé parte de la expedición que, embarcada en un bergantín en 1542, descubrió el inmenso río de las Amazonas, derivé después más de diez años enredado en las guerras del emperador, por las ruedas de Flandes y por el cerco de alfanjes del Mediterráneo. Después, más sosegado, llevaba años en el oficio de escribano en Valladolid, intentando olvidar mi pasado, ajeno a los asuntos de este lado del mundo que cambian con prisa diabólica.

Pero el destino es duende hábil en trastocar todas las cosas. Devuelto de repente a estas tierras, gracias a que el nuevo virrey valoraba exageradamente mi experiencia y me creía útil para ayudarlo a familiarizarse con sus nuevos dominios, empecé mi misión en las Indias faltando a su posesión. Y en mi lugar estaba el ostentoso sobrino, Francisco de Mendoza, añadido al cortejo en el último instante en el puerto de Cádiz, y que iba a convertirse en la principal contrariedad de la familia virreinal.

Se hizo notar desde el comienzo por su inclinación a embriagarse y protagonizar sonoros escándalos, por sus atropellos a los indios, y por su tendencia a rivalizar con todo el mundo, haciéndose rendir honores excesivos como miembro de la corte del virrey. Ya venía de España amonestado por asediar a mujeres con dueño, y una daga celosa le había marcado el pecho en un duelo de honor. El marqués le dio rápidamente un cargo en la administración de Trujillo, pero no faltó quién dijera que el virrey conocía muy bien al sobrino y procuraba mantenerlo lo más lejos que fuera posible.

Era inevitable que, apenas llegado, el muchacho pusiera los ojos codiciosos sobre la mujer más bella que había en Trujillo, a la que vio cruzar un día rumbo a la iglesia con sus criadas, y salir como una aparición de la silla de manos para entrar en la penumbra del templo. Y, por supuesto, esa mujer de veinticinco años y de extraña belleza, a la vez salvaje y lujosa, poderosa y discreta, no era otra que Inés, la huérfana de Atienza, la princesa mestiza de Pedro de Arcos.

Francisco de Mendoza empezó a cortejarla de un modo insistente e impúdico: gritaba torpezas a su paso en pleno día, le enviaba cartas insinuantes con la servidumbre, cantaba con mala voz a su balcón en las noches sin preguntarse siquiera si el marido estaría en la casa.

Algunas gentes que estaban esperando la ocasión de hablar de Inés y acusarla de algo, encontraron su oportunidad. Nadie ha sido capaz de demostrar que ella correspondiera a los requerimientos del funcionario, pero incluso ella, que era altanera y mandona, debió guardar la compostura y asumir la cortesía que corresponde a las pretensiones del sobrino de un virrey, y el propio Pedro de Arcos, que supo solamente lo que echaban a volar los rumores, al comienzo dejó pasar las cosas, esperando que la fiebre caprichosa del sobrino pasara sin más ruido. Pero los hechos se hicieron notorios, porque Mendoza se embriagaba con facilidad, de modo que Pedro de Arcos le advirtió cierto día en privado que no los fastidiara, una segunda vez lo increpó en plena calle, y cuando la provocación se presentó de nuevo, desafió a Francisco de Mendoza a un duelo de honor.

Padrinos solemnes fueron y vinieron, Inés de Atienza se encerró consternada, los viejos encomenderos se crisparon, los vecinos echaron a volar nuevos rumores, y el duelo se cumplió, con tan mala suerte que Pedro de Arcos quedó malherido por Mendoza y esa misma noche cambió el lecho codiciable de Inés por una fría tumba de las montañas. Si el duelo fue a espada o a mosquete nunca logré saberlo, porque por los días en que llegué a tener confianza con ella no me atreví a mencionarle aquella historia turbia y dolorosa.

El virrey no ignoraba que su pariente se había ido creando fama de pendenciero en los cuarteles y en las tabernas, pero nunca esperó que el primer acto de la familia virreinal en las Indias fuera un crimen. Por todas partes se divulgó que el sobrino del virrey había matado a un hombre por un asunto de faldas, y que el muerto era el encomendero Pedro de Arcos, opulento en minas y haciendas. Los rumores volaban diciendo que el motivo del duelo era su mujer mestiza, huérfana envidiada de uno de los descubridores del mar del Sur y nieta misteriosa de los reyes incas, y volvían contando que la muchacha tenía el secreto de las mujeres que formaron el anillo de Atahualpa, que tenía la piel más clara que sus abuelas reales, que gobernaba una mansión lujosa, que hablaba castellano con un cantar ingenuo que la hacía parecer más joven de lo que era, y que, en suma, su vida tenía la altivez y el misterio de las montañas donde había nacido.

El sobrino fue llevado enseguida ante el virrey, quien se proponía enviarlo a España sin escándalo, pero ya se había reunido un grupo de encomenderos indignados, resueltos a no permitir que la nueva autoridad del reino viniera a menoscabar los derechos recién confirmados por las providencias de La Gasca. Este, tratando de imponer un mínimo orden en una región turbulenta, había prohibido entre tantas cosas los duelos de honor. Los varones de Indias, que desde los tiempos de Gonzalo Pizarro se habían convencido de que había que hacerse respetar de la corona, exigieron justicia, y el virrey comprendió que debía complacerlos.

Fue así como la hermosa Inés de Atienza, quien había perdido a su padre hacía doce años y se había casado hacía apenas siete, volvió a quedar sola, ahora viuda, con el corazón dos veces enlutado y, por qué no decirlo, con su hacienda también duplicada por esta nueva herencia.

Las tejedoras de mantas

Viene la selva tejida de verdes,
y pasa la bandada tejida de plumas,
y sube el sol tejido de bendiciones,
y baja el río tejido de peces y cantos,
porque nada está solo.

Vienen los cuerpos tibios tejidos de sangre,
viene la noche mansa tejida de caricias,
y se abren las mañanas tejidas de sueños,
y se alza la canción tejida de alabanzas,
porque nadie está solo.

5.

LO PRIMERO QUE HIZO EL VIRREY
AL PASAR POR LA SELVA PANAMEÑA

Lo primero que hizo el virrey al pasar por la selva panameña fue cargar un galeón con 1.250 lingotes de oro y 48.357 barras de plata, acumulados en las Indias durante tres administraciones conflictivas desde la partida de Pedro La Gasca, y enviarlo con bendiciones sobre las olas amargas como un aporte para las guerras de Felipe II.

La Gasca había dejado el virreinato dormido y cicatrizado después de confusas discordias, pero más tarda el agua en serenarse que en recibir el soplo perturbador de nuevos vientos y de más yertas lunas. El país siempre vuelve a incubar rebeliones, y el que viene soñando con disfrutar las delicias de Jauja aprende que en estas Indias cada noche trae su desvelo.

Las cabezas de Gonzalo Pizarro y de Francisco de Carvajal, resecas en una plaza de Lima, ya enseñaban al paseante el destino de los insurrectos, y sin embargo en los años siguientes hubo por lo menos diez rebeliones. Francisco Hernández Girón acaudilló la más grande de ellas, y su cabeza terminó haciéndoles compañía a las calaveras de los viejos rebeldes.

El marqués de Cañete tuvo suerte de encontrar enseguida quién le pacificara el istmo perturbado por los cimarrones, pero ya casi seguro del éxito maligno de esa empresa, se embarcó antes que nosotros, ansioso de asumir el poder sobre un dominio inestable que había tenido en veinte años más de diez gobernantes: el inventor del reino y asesino del inca, Francisco Pizarro; el tuerto y ofendido Diego de Almagro, a quien la corona jamás concedió derechos claros sobre su conquista; el despistado y efímero Vaca de Castro; el hombre viejo de Ávila, el virrey de barbas blancas Blasco Núñez de Vela, frágil y solemne entre su tropa de muchachos salvajes; el matador de virreyes Gonzalo Pizarro, orgulloso y resentido, que perdió el reino (y la cabeza) a manos de ese clérigo inescrutable de piernas de garza y voluntad de hierro que fue Pedro La Gasca; y a partir de allí los confusos virreyes Andrés de Cianca, Antonio de Mendoza, breve y achacoso, y el esclavizador de indios y gobernador de Chile Melchor Bravo de Saravia.

El marqués traía ahora el mandato de extremar la sujeción de los incas, consolidar el poder de la corona, soldar con hierros nuevos la fidelidad de los encomenderos, redoblar algunos tributos, multiplicar la producción de las minas, sembrar nuevas ciudades, sofocar alzamientos, dar trabajo a las lanzas y a las picas de los recién llegados, y poner freno al enjambre que arrojaban los barcos casi sin control. Que se sintiera el peso del Imperio desde los cañones del norte, en el reino de Pasto, donde duermen aldeas bajo el ronquido de los volcanes, y sobre las tierras de Quito, donde el aliento del mar seca las pendientes por el occidente y el aliento del río moja de selvas el oriente, y por toda la cordillera donde los abismos se escalonan en terrazas de cultivo, donde hay hileras de pies presurosos que miden el reino llevando órdenes y noticias, y donde hay perros sagrados que emergen de las profundidades. El viento que publicaba las órdenes del inca llevaba ahora un vuelo de campanas, los abismos ya eran obedientes al látigo, los pies indóciles eran del cepo y los corazones humanos eran de la ley o del fuego. Había que hacer sentir el yugo del Dios verdadero desde las nieves del Cotopaxi hasta las últimas espumas de Arauco.

En los gabinetes de España las Indias son de papel y de fábula, pero otra cosa es hacer pesar la corona de diamantes y la corona de espinas sobre diez mil montañas resecas y largos litorales blanqueados por las aves marinas. El marqués aprendía cuán arduo es gobernar una cordillera cuya sola vista fatiga: tierras rojas que parecen muertas hasta cuando advertimos más allá tierras grises que parecen todavía más muertas, si no fuera porque otras, calcinadas hasta el blanco, tienen cobre en las entrañas, estrías de cristales preciosos, sinuosas galerías de plata.

Empezaba a imponerse sobre estas montañas, acostumbradas sólo a la palabra que brota de los labios, la España de los sellos y los títulos, de memoriales minuciosos y libros de cuentas, códigos, relaciones, minutas y prontuarios, mapas abigarrados, volúmenes en pilas y crónicas precisas, el reino extenuante de la escritura y de la cláusula; y ahora todo son incisos y párrafos, glosas y escolios, parágrafos y edictos, decretos y sentencias; los rastros del extremo formalismo romano, agravados, yo sé por qué lo digo, de cositería mezquina y de ponzoña ruin, para imponer las filigranas de la letra sobre piedras tatuadas de otras leyes, el dictamen de jueces y de clérigos sobre las mandas del maíz solar y la boca de estrellas.

Para escapar un poco a ese aire marchito que efunden los archivos, el virrey quería tener la ilusión de un roce verdadero con el barro y las piedras, y creía ver en mí ese contacto posible. Yo debía lograr que su experiencia en las Indias no se viera limitada a ese mar de papeles, llenar de sustancia real, de rostros y detalles, la letra de las crónicas.

Pero lo que hace que tantos escribanos y jueces se encierren en sus Indias de papel es que, apenas llegando, las palabras empiezan a cambiar de sentido. Ya las llamas no son lenguas de fuego sino bestias orillando el abismo entre el viento que empuja; los tigres no son los rayados gatos de Bengala sino los jaguares tachonados de signos; las ciudades no son Romas de palacios y catedrales junto a ríos que cantan en latín, sino moles de roca talladas en la espalda de los precipicios, placas de pedernal en la niebla donde nos falta el aire.

El marqués había puesto apenas sus pies sobre el suelo de los incas muertos y empezaba a tomar posesión de su cargo, cuando recibió la noticia del duelo de su sobrino en Trujillo y de la muerte del rival ofendido, y comprendió que los encomenderos iban a reaccionar con furia ante la corona por las arbitrariedades de la nueva familia virreinal. Las vísperas de gloria se iban a cambiar en días de furia.

Claro que se alegró de que el muerto no hubiera sido el sobrino, no por él, sino por la eterna angustiada Lavinia Hurtado de Mendoza, que respiraba en la ilusión de que el hijo prosperaría en las Indias a la sombra del virrey. Acto seguido se enfureció con el sobrino, y dio puñetazos sobre el escritorio masticando blasfemias.

No podía faltar el maldito miércoles en la semana. ¿Qué necesidad tenía él de traer a ese engreído que ya desde el puente del barco se estaba fingiendo virrey, con su eterna mirada vidriosa de alcohólico? El señorito engolado… Detrás de toda puta andaba ya en Sevilla y ya lo habían apuñalado por putañero en alguna taberna. ¡Ese no sabía de honor ni de respeto, para él el mundo era una balsa de aceite! y maldecía la hora en que escuchó a su hermana, y maldecía a los hijos y los nietos del diablo, a ese pavorreal irrisorio rebajado a idiota y a criminal. Quién sabe quién sería la zarandaja por la que ahora la familia virreinal se hundía en la vergüenza. Y qué dirían en la corte. Que el virrey, cuyo deber primero era dar ejemplo de contención y de decencia en estas tierras últimas, donde todo eran insurrecciones y delitos, donde todo era barbarie, había traído un parásito más venenoso que las culebras del río, más atravesado que las flechas, más fanfarrón que los monos borrachos. Que se pudriera en el cepo, que se lo comiera la manigua, que se lo devoraran los caimanes del río, que los dejara en paz. Él no iba a tolerar de ningún modo que el nombre de los Hurtado de Mendoza y la sangre bendita de los abuelos se pusieran en la picota pública, que un idiota le enredara el gobierno que apenas comenzaba...

Pero decía todo eso por desahogarse. Sabía que su primer deber era amparar al sobrino del linchamiento, y abrir un proceso con apariencia de legalidad que lo salvara de una horca en las Indias. Hizo que lo prendieran y lo llevaran a Lima, allí le dio con bandos de áspero lenguaje su palacio por cárcel, y pronto se las ingenió para embarcarlo rumbo a Sevilla, donde lo absolvieran con toda severidad.

Enseguida se esmeró en aplacar la ira de los encomenderos estudiando sus peticiones, dándoles nuevas ventajas sobre los indios, haciéndoles sentir su proximidad paternal. Que se supieran parte consentida de la corte; que estuvieran seguros de que no se permitirían otros abusos contra ellos. Y ante todo se preocupó por saber quién era la mujer mestiza a quien su sobrino había dejado viuda en ese lance irresponsable, para procurarle los bálsamos que fuera posible aplicar desde los gabinetes del poder.

Así llegó a sus oídos la fama del difunto Blas de Atienza, descubridor y fundador, hombre fiel a la corona y al depuesto y asesinado Blasco Núñez de Vela; su prestigio como ingeniero de minas y constructor de acueductos; y su adoración por esa hija de sangre mezclada, adoración que otros veteranos compartían. Y así recibió también los rumores de la envidia, toda una nube de consejas y de maledicencias, sobre esa india que embrujaba a los hombres, esa mestiza rica que los enredaba en sus hilos, esa libertina que los enloquecía en su cama. El buen marqués gastó sus desvelos sopesando los informes de un bando y del otro para saber qué actitud asumir ante aquella mujer desconocida e inquietante, que era la primera víctima de la casa virreinal.

En contra de lo que opinaban las lenguas envidiosas, comprendió que había que desagraviar a la viuda, pues no disculparse con ella le atraería malquerencias entre los viejos encomenderos y rencores entre los indios, que quizás la veían como una especie de signo de la alianza, la imagen de su propia grandeza perdida. La huérfana dorada acababa de convertirse en viuda negra adornada de haciendas; el entierro del marido, rodeado por la consternación de la ciudad, en el que no se atrevió a hacerse presente el marqués, la exaltó en una suerte de reina doliente; y Andrés Hurtado de Mendoza y Bovadilla, segundo marqués de Cañete, amigo que fuera del emperador Carlos V y reposado consejero de su hijo Felipe, vástago de una casa más antigua que las dos coronas, estudioso de leyes y de crónicas, y descendiente de santos prelados, se descubrió de pronto en sus primeros días en las Indias preguntándose cómo presentar disculpas ante una muchacha hermosa y forrada en luto, que era descendiente también de antiguos linajes españoles pero sobre todo heredera del espeso misterio de los señores indios de la montaña.

La niña teje

Los hilos verdes son maíz en los surcos.
Los hilos amarillos son las piedras doradas.
Los hilos rojos son los peces del cielo.
Los hilos blancos son las bellas cascadas.

Entrecruza los dedos,
sopla en el nido tibio de tus manos,
dile al viento de hierbas lo que soñaste.

Entrecruza los hilos, los ríos.

Teje la manta.

Viene por las montañas el abuelo con una vara de oro.
Esas alas tan grandes en el cielo nos dicen que hay
                                    [que cerrar los ojos.

Pero la niña canta para alargar el día.
La niña tiene ojos que se encienden de noche.

6.

YA EN OTRO LUGAR HE CONTADO CÓMO FUIMOS EN 1541 A BUSCAR LA CANELA

Ya en otro lugar he contado cómo fuimos en 1541 a buscar la canela, cómo armamos un barco en los ríos de la cordillera, cómo un río que no cesaba de crecer nos llevó largos meses entre selvas impenetrables. Aquel viaje tiene fama de haber sido heroico, pero lo único que hicimos fue no dejarnos morir, y la verdad es que emprendimos esa aventura porque nada sabíamos de la selva y del río. Sólo aquella ignorancia nos permitió sobrevivir: nos dejamos llevar como la hoja que cae en la corriente, y conseguimos que la selva casi no advirtiera nuestra presencia, que no volviera en contra nuestra su enmarañada cabellera de fantasmas. Mi segundo viaje a la selva fue muy distinto, y para entenderlo debo hablar otra vez del hombre que concibió esa conquista.

En 1548, en las mesetas del Nuevo Reino de Granada, el gobernador adolescente Pedro de Ursúa pidió licencia a su tío, Miguel Díaz de Armendáriz, estricto juez de cuatro gobernaciones, para ir a buscar el oro de los muiscas. Indios con marca de venados en los maizales de la sabana le revelaron dónde escondió Tisquesusa las piezas incontables de su tesoro, cuando las herraduras de los caballos de Jiménez de Quesada se tiñeron de sangre.

Cortés había llevado a España el tesoro de Moctezuma; Pizarro había enviado barcos que casi zozobraban de oro, cargados con el rescate de Atahualpa; pero México y el Perú no eran tierras del oro estridente sino de la plata discreta. El Nuevo Reino de Granada hunde más que los otros en la tierra sus raíces doradas. El zipa de Bogotá, que se bañaba en polvo de oro para hablar con el sol en las lagunas altas mientras su pueblo arrojaba tunjos al agua, engendró la leyenda del Hombre Dorado que ha consumido expediciones enteras. Por los cañones del río Cauca Jorge Robledo vio ejércitos de millares de hombres donde cada guerrero iba como un rey, coronado con un casco resplandeciente; y oyendo todo eso también Ursúa soñó poner a los pies de Carlos V una montaña de oro. Pidió licencia a su tío para buscar el tesoro, pero el tío, astuto y sinuoso, le respondió que su reino era débil y estaba carcomido de enemigos: desde hacía diez años una india indignada llamada la Gaitana había alzado contra España a miles de guerreros indios y el muchacho debía probar su talento combatiendo a los panches de Timaná.

El joven y todavía ingenuo Ursúa cabalgó con sus tropas junto al templo de piedra y agua del Tequendama hasta las llanuras fluviales que habitan los hombres bagre y los hombres serpiente, desde donde se ven al occidente las montañas azules, y después fue hasta el sur, donde talladores escondidos antes del tiempo martillaron un bosque de demonios de piedra. Por los llanos ardientes, sobre canoas socavadas en ceibas gigantes, bajo cielos poblados de bestias, cumplió su trabajo sangriento, y al volver informó a su tío que ya estaban castigados los panches, y le pidió licencia para ir a buscar el tesoro del zipa.

El ceremonioso Armendáriz celebró la victoria, que afirmaba el poder de Santafé sobre los reinos del sur y sobre el

Valle de las tristezas, pero en vez de darle la autorización prometida le respondió que, siendo primero lo primero, había que pacificar a los chitareros.

«Hace semanas se reciben noticias de que su alzamiento se ha extendido hasta las gargantas del Chicamocha, y alcanza las riberas del Sugamuxi y del río Magdalena, al que los indios llaman Yuma.» «Hoy no hay amenaza más grave para nuestro Reino», añadió, afectando más consternación de la que realmente sentía.

El obediente Ursúa viajó a las montañas del nordeste, atravesó páramos fantasmales donde se amorataban y morían de frío los centenares de indios que se había llevado a la fuerza, desnudos pobladores del llano que no resistieron el hielo de la altura. Y allí libró una guerra afanosa y sin alma, porque si bien la paciencia es industriosa, la urgencia siempre es hermana de la crueldad. Después de oír con sus ojos el trueno silencioso del Catatumbo, el relámpago que nunca se apaga, volvió embrujado y cruel y le dijo a su tío: «Está pacificada la región del Chicamocha, y he fundado en los montes la ciudad de Pamplona, para recordar nuestras tierras de origen, en las colinas de Navarra. Déjame ahora ir en busca de Eldorado».

Miguel Díaz de Armendáriz se alegró con aquellas noticias, pero no quería renunciar tan pronto al sobrino, que era su principal instrumento para someter a los reinos. «Has mostrado ser audaz y valiente», le dijo. «El poder que ejercemos es mayor que antes, y el oro que has traído habla bien de la riqueza de esa región y de la energía de tus triunfos, pero ahora amorosamente te ordeno que viajes al país de los muzos, en la región media del Magdalena.»

Era una tierra de montañas de roca, entre yacimientos grises de sal y minas de esmeraldas, que los muzos habían hecho inexpugnable. Cumplida una dura guerra, que se selló con traiciones, Pedro de Ursúa volvió tenso y sombrío, y le dijo a Armendáriz: «He vencido a los muzos, y he fundado en los flancos de la montaña a Tudela, la ciudad de las esmeraldas, que guardará tu memoria y la mía. Dame ahora autorización para ir a la búsqueda del país de Oro.»

«No dudes de que irás en su busca», le respondió el tío gordo y ceremonioso. «Pero debo hacerte una súplica más, porque no puedo desaprovechar tu talento guerrero sin acabar de afirmar nuestro mando sobre el territorio. Por última vez viajarás a la guerra: a las sierras nevadas que se alzan junto al mar, y derrotarás a los rebeldes tayronas.»

Y el resignado y ya tenebroso Pedro de Ursúa volvió por las aguas de Yuma hacia el norte, bajo la mirada milenaria de las iguanas de grandes crestas, entró como gobernador en Santa Marta, bajo los montes blancos, conmocionó la sierra, llevó tropas de sangre junto al mar que devora nadadores incautos, y avanzó en hierro y en terror contra los valientes tayronas, desde las selvas cálidas de hobos y de ceibales hasta los peldaños de las ciudades de piedra, y perforó las nieblas donde se escondían de los indios los buscadores de oro, y obligó a los kogis y los ikas a refugiarse en la invisibilidad y en la bruma. Y allí se dio la batalla del Paso de Origua, donde Ursúa, con doce soldados, resistió los asedios de tres mil indios.

Entonces aquel hombre volvió endurecido, ensangrentado y con fiebre, a exigirle por fin a su tío la licencia para ir a buscar el tesoro que lo obsesionaba. Pero al llegar a Santafé le informaron que el gobernador Armendáriz había sido destituido, que el oidor Montaño, hombre callado y justiciero, le había abierto un proceso por conductas salaces, y que contra él mismo había una orden de captura por sus crueldades con los indios.

El mundo se había desplomado. Ursúa huyó como un forajido, seguido al galope por su amigo Juan de Castellanos, que oía endecasílabos hasta en el golpe de las herraduras, y varios meses se refugiaron en los páramos de Pamplona, donde el joven guerrero tenía amigos. Pero hasta allí llegaron noticias de que venían tras él las tropas de Luis Lanchero, a quien años atrás el muchacho había humillado, de modo que cabalgaron montaña abajo hasta La Tora, o Cuatro Brazos, que ya algunos llamaban la Barranca Bermeja, y se embarcaron rumbo a las selvas espesas de Santa Marta.

Fue en ese viaje azaroso por un río de caimanes, mirando con recelo aguas arriba, donde debían aparecer los barcos de los perseguidores, cuando el joven letrado le contó a Ursúa que una tarde, en las islas de perlas de Cumaná, había visto llegar un barco hecho de troncos selváticos y calafateado con aceite de cetáceos de río, un barco de hombres tuertos, y que su capitán, Francisco de Orellana, le reveló que, explorando las aguas encajonadas de los ríos incaicos, su bergantín había sido arrastrado ocho meses por un río monstruoso que no paraba de crecer, y había viajado entre lluvias de flechas, bajo una selva inmensa poblada de amazonas, de mujeres feroces y desnudas.

Y el perseguido Ursúa, que había ganado en vano cuatro guerras pero había perdido un sueño, tomó ante los barrancos de tigres de Tamalameque la decisión de repetir los pasos de Orellana, conquistar el río de las Amazonas, hacerse gobernador de esas selvas inmensas, y después viajar por caminos de los que sólo él tenía noticia, a rescatar por fin el oro de los zipas. En Santa Marta se separó de su amigo Castellanos, quien había decidido quedarse y hacerse clérigo y escribir un poema interminable, y se embarcó solo, rumbo al Perú, sin saber todavía cómo emprender esa conquista.

Oyes con todo el cuerpo

Nunca sabes si lo que piensas al amanecer te lo dijo el tigre en la
                                        [noche,
si los pensamientos que llenan la mañana vienen de los ramajes
                                        [o del fondo del agua,
si los propósitos del mediodía los dicta el sol fogoso o el recuerdo de
                                        [la noche más negra.
No sabes si la calma repentina del atardecer, que trae de nuevo
                                [rostros y palabras antiguas,
viene del ala que roza el ramaje,
del rayo que revienta, lejos, sobre la selva,
o de la Luna que hace su casa entre las nubes rojas.
Oyes con todo el cuerpo, tocas todo con ojos deslumbrados,
sientes el miedo en la espalda que suda, en las piernas que duelen,
en los dedos heridos por las espinas del agua.

7.

Y FUE RECIÉN LLEGADO A PANAMÁ, PERSEGUIDO Y SIN TROPAS

Y fue recién llegado a Panamá, perseguido y sin tropas, cuando Ursúa tuvo la mala suerte de encontrarnos. A mí, que le abrí las puertas de la corte virreinal; al marqués de Cañete, que descubrió que ese muchacho navarro era de la sangre de famosos capitanes de su tierra, y a los palenques de cimarrones rebeldes que era su destino reducir, a los que persiguió, envenenó y masacró con dureza, sólo para ganar el aprecio de los poderes virreinales.

Ese hombre, al que yo en los primeros días consideraba un vagabundo, logró convertirse muy pronto en jefe de la guardia personal del virrey, y cuando nos alcanzó el relato de sus aventuras supimos que, a pesar de su juventud y de sus modales refinados, estábamos ante un hombre implacable que había librado cuatro guerras salvajes contra los indios de Tierra Firme.

Tarde o temprano lo que somos se muestra. Su condición de extraviado no podía ocultar mucho tiempo al poderoso jefe de tropas, que había sido dos veces gobernador antes de cumplir los veinticinco años y que dejó su nombre escrito con sangre sobre extensas provincias; todo aquello que yo no podía presentir en nuestro primer encuentro en los muelles.

Todavía me faltaba descubrir que en Ursúa cualquier conquista era apenas antesala de la siguiente, cualquier triunfo era sólo un peldaño que le permitía ver más lejos, y su ambición no dejaba de crecer a medida que el paisaje se ensanchaba. Como el hombre que asciende por una montaña, llenaban su horizonte cosas cada vez más diminutas en la distancia, y necesitaba moverse más aprisa para alcanzarlas.

La llegada de la corte virreinal al continente prometía ser apenas una secuencia de oficios tediosos, trámites de la burocracia, cosas que a fuerza de repetirse producen la ilusión de que el mundo es igual para siempre y que el poder del oficio y del sello nunca será contrariado.

La llegada de Ursúa lo cambió todo. Era curioso como un sabueso: no sé cómo se enteró de que yo era un veterano del viaje de Orellana y quiso que le contara las peripecias de la expedición que emprendimos buscando el País de la Canela: si era verdad que ese viaje se convirtió en una carnicería, si nuestra fuga final había sido un accidente o una traición, y cómo vivimos el mayor descubrimiento de España en las Indias: el hallazgo del río más grande del mundo y de la selva que lo envuelve.

Al comienzo yo sentía recelo. No entendía la causa de su interés por aquellas jornadas que nos dejaron llenos de enemigos. No recuerdo haber ofendido en nada a los hombres de Gonzalo Pizarro que quedaron abandonados junto al río Coca, pero no dejé de ser visto como un traidor por los sobrevivientes que volvieron por las crueles montañas a Quito y a Lima.

Llevaba muchos años tratando de olvidar aquel viaje, cuando uno de esos días, en Nombre de Dios, una puñalada en el vientre me reveló que el mundo no lo olvidaba. Alguien en la sombra quiso cobrarme las supuestas deudas de Orellana, y Pedro de Ursúa me salvó en ese trance que pudo ser fatal. Por una de esas casualidades que terminan siendo definitivas en toda existencia, su ayuda en un momento de peligro me convirtió no sólo en su amigo sino en su acompañante fiel hasta el día en que lo traicionaron las estrellas.

La vida, aquí, no cesa de agitarse. El musgo agrieta las fortalezas, los caminos se borran bajo la hierba, los derrumbes deshacen los campamentos, las aldeas despiertan sobresaltadas a medianoche, cuando los arroyos se transforman en ríos borrascosos, las selvas se cierran al menor descuido y todo enclave firme es humillado por los elementos. Buscamos firmeza en los hombres y en las creencias cuando la realidad alrededor se muestra tornadiza y endeble, pero los hombres participan también de la urgencia de los ríos y de la astucia de los caimanes, de la agilidad del venado y de la precisión del jaguar que calcula en la rama la distancia y la fuerza. Se diría que el embrujo de algunos hombres de voluntad inflexible reside en que parecen encarnar leyes más poderosas: fuerzas que subyugan y arrastran a los otros, de modo que la naturaleza misma se muestra dispuesta a someterse a su fuerza.

Andando con Ursúa sentí por momentos que estaba con alguien ante quien la naturaleza se sometía. Pero a la larga todo es ilusión: un hombre no es nada cuando crecen los ríos, cuando un cielo de piedras se suspende sobre las aldeas, cuando la nube amontonada prepara sus rayos. Las únicas fuerzas humanas que resisten a ese enfrentamiento son las que desata la locura, que no se fija límites, y que no consiste en la pérdida de la inteligencia sino en su magnificación insolente y sacrílega.

Pero Ursúa no pertenecía al linaje de los dementes sino apenas al linaje de los obstinados. Lo suyo era ante todo terquedad y ambición, y pronto encontraría fuerzas capaces de oponerse a sus sueños.

Estos viajes de conquista han tenido momentos de fortuna pero también largos tramos de endemoniada locura. Ya era un propósito extremo conquistar el reino de piedra y laca de los aztecas, en el lago rodeado de altares sangrientos; ya era un delirio someter el abismo de los templos del inca; y hubo hombres cuya voluntad estaba más hecha de hierro que sus corazas, tropas feroces y ardientes que desafiaron lo imposible. Pero la historia que estoy tratando de contar es quizás más insensata y más triste, porque la locura mayor de esta edad del mundo la concibió temprano Pedro de Ursúa: la ambición desmesurada de conquistar la selva de las Amazonas y dominar la serpiente de agua que la atraviesa.

La aventura de Orellana fue muy distinta: cuando emprendimos nuestro viaje ignorábamos la existencia de la selva y del río; todo fue un accidente, nuestra hazaña apenas consistió en sobrevivir, y no se vive igual un viaje de descubrimiento que un viaje de conquista. Ursúa en cambio ya sabía que existían la selva y el río; yo le había advertido de su magnitud y de sus peligros, y le había repetido que no eran simplemente un río y una selva: que esas regiones eran un mundo inabarcable y tormentoso, habitado por dioses secretos, gobernado por leyes que no sabemos descifrar.

Tal vez lo que me ha obligado a escribir esta historia es el hecho de ser hasta ahora el único humano que ha vivido estos dos viajes. Cualquiera se preguntará por qué un hombre que en su juventud se vio arrastrado a recorrer la serpiente de agua ha sido capaz de volver a su infierno veinte años más tarde, ya a las puertas de la vejez. No somos dueños de nuestro destino: una vida que no ha encontrado sus respuestas está sujeta a las tentaciones y a los desafíos. Yo rechacé por años el recuerdo de mi primer viaje, pero ahora sé que todo rechazo vehemente es en secreto un vínculo, y Ursúa, que era un

conquistador en todos los sentidos, logró convertir mi rechazo en atracción, mi repulsión en curiosidad, tomó mi vida
cansada y la devolvió a la edad de las preguntas. Contra toda
advertencia, se obstinó en creer que ese mundo inabarcable
podía ser conquistado, que era posible para un hombre ensi-
llar la serpiente, cabalgar el abismo.

Ahora sé que los países son sus hombres. Sólo esa vieja
España capaz de arriesgarse por mares incógnitos, ese valor
que descorrió la bruma que cubría los mundos, pudo soñar
en medio del delirio que tenía también la borrasca en sus
manos. Unos que habían sufrido frustraciones sin límite so-
metieron, es verdad, reinos muy poderosos y extensos, pero
este muchacho que había nacido en cuna de príncipes, este
hijo de las fronteras que había nacido a la sombra de Pirene
y de Heracles, creyó al fin que sus manos alcanzaban el cielo, y despertó a los rayos.

Relato

En el canto del pájaro la suerte,
en la nube el relato de lo posible,
en la hoja de coca la leche de la tierra,
en la luz el dominio de las pasiones,
en la caña la música del abismo,
en la piedra las almas de los muertos,
en el nudo el secreto de las alianzas,
en el sueño el tejido de los estanques,
en el árbol callado los recuerdos del agua,
la vejez en la niebla,
en la luna el jardín de los que se fueron,
en el viento la flor de las tempestades,
en el cóndor que vuela la amistad de los reinos,
en la mazorca roja la risa del sol,
en la sangre el desorden de las estrellas.

8.

EN LOS OCIOS DE LA SELVA PANAMEÑA

En los ocios de la selva panameña, después de aquella guerra contra los cimarrones que aprendí a ver más tarde como un hecho malvado, escuchando las promesas del horizonte bajo el cielo plomizo del mar del Sur, Ursúa me pidió que le contara lo que él ignoraba de nuestra expedición. Quería repetir el viaje de Orellana, pensaba que podría apoderarse de todo aquello que nuestros capitanes no pudieron conservar. Había hablado con otros veteranos, pero siempre estaba al acecho de revelaciones, de nuevos detalles significativos, y tal vez por eso se dedicó a mí con una intensidad de enamorado.

Con la impaciencia de saberlo todo, revisaba de nuevo cada detalle como si recorriera su propia memoria, me corregía datos minúsculos que él recordaba mejor, y muy pronto entendí que no le interesaban mis pensamientos sino sólo mis recuerdos. Por eso hay muchas cosas que no supo apreciar, verdades elementales que jamás tuvo en cuenta.

La expedición que se proponía, repito, era fruto de su voluntad, estaba gobernada por su afán de conquista, en tanto que la nuestra había sido un accidente. Lo que buscábamos no lo encontramos nunca: lo que encontramos ningún hombre blanco lo había imaginado, y fue eso lo que nos permitió sobrevivir. Si el nuestro hubiera sido un viaje de conquista habríamos tenido que guerrear, establecer poblados, hacer tratos duraderos con los nativos, cosas que habrían demorado nuestro paso, que habrían creado ataduras, obstáculos a ese fluir libre que nos permitió salir al otro lado, maltrechos y llagados, consumidos y llenos de visiones, pero por suerte vivos.

De modo que si bien Ursúa conocía muchas circunstancias de nuestra navegación, se engañaba con respecto a las causas del descubrimiento. Su información procedía de los relatos que Orellana, fray Gaspar de Carvajal y los demás viajeros hicimos en Cubagua y en Margarita apenas descendidos del barco, y en esos relatos, sin ponernos de acuerdo, contábamos el recorrido por la selva y el río con mucho detalle, para mejor silenciar lo acontecido en los primeros meses del viaje. Los hechos eran vistosos, los episodios tremendos: nadie podía sospechar que callábamos algo, que nos atormentaba un secreto.

Llegó por fin el día en que me dijo, con su habitual entusiasmo y como si se tratara de un premio, que tenía un lugar para mí en su expedición para conquistar a las Amazonas: estaba seguro de que mi presencia le sería muy útil. «Un solo viaje por el río», le respondí, «basta para envenenar una vida. La mía ya tuvo bastante con las angustias de aquel tiempo. Nadie sabe cuánto me costó dejar de sentirme cautivo de una telaraña.»

«La selva sigue pegada a la piel aunque uno ya esté lejos, la fuerza del río sigue presente cuando hemos sido su juguete por tantos meses; es como si el tiempo que fluye fuera apenas un recuerdo del río, como si las horas presurosas fueran todavía sus orillas. No hay modo de evitar, ni siquiera en los días más plácidos, el temor de que una flecha mortal va a atravesar los salones, de que un jaguar va a rugir en las ramas de un templo, de que una serpiente enorme se está ovillando en las nubes del atardecer.»

«Fuiste capaz de enfrentar todo eso a los veinte años, sin conocerlo», me respondió, «no te puede acobardar a los cuarenta un viaje que ya hiciste». «Olvidas», le dije, «que no íbamos buscando ni la selva ni el río. Los encontramos sin buscarlos, ni siquiera tomamos la iniciativa de recorrerlos, el río se impuso. Pero todo fue un accidente: habría que estar loco para lanzarse a sabiendas a esa navegación.»

«Además», añadí, «nadie repite un viaje: así fuéramos los mismos hombres y nos embarcáramos en el mismo bergantín, todo sería distinto. En semejante selva y en semejante río cada viaje despertará una locura distinta.» Y esto demuestra que, sin saberlo, yo lo presentía todo, pero es que el sentido verdadero de las palabras que pronunciamos sólo se nos revela muy tarde, cuando la realidad las confirma.

Lo entretuve un día entero con mi relato del viaje de quince años atrás en busca del País de la Canela. Él escuchaba atento: cualquier dato podía ser invaluable, y aunque estaba ansioso por interrumpirme para buscar precisiones, permitió que el relato fluyera, por miedo a que las pausas pudieran malograr mi memoria. Yo nunca había narrado completa esa experiencia porque me resistía a recordar las minucias de un viaje miserable, pero aquel hombre oyendo modificó para mí esos viejos hechos, comprendí que narrarlos me confería cierto poder sobre ellos, me volvía testigo privilegiado de los acontecimientos, y la historia que había esquivado por años se volvió interesante a mis ojos: me infundía una suerte de alivio rescatarla.

¡Qué astuto era Ursúa! Logró que me fascinara un recuerdo que poco antes me producía rechazo: consiguió que yo viera cada vez con menos repugnancia la posibilidad de revivir aquel viaje, y no sé en qué momento ya me sentí dispuesto a enfrentar, casi ansioso, la pesadilla de mi juventud.

Y así volvimos a la Ciudad de los Reyes de Lima. Quince años atrás, cuando íbamos a buscar la canela, el poder tenía un nombre: Francisco Pizarro. Me había costado llegar a su palacio y pedirle con voz tímida la herencia de mi padre. Sólo conseguí ser enrolado en la expedición con la esperanza de recibir algún beneficio en caso de que aparecieran los bosques de aroma. Pizarro parecía entonces tan firme como las montañas: ahora del varón oprobioso que tres lustros antes era dueño del mundo no quedaba más que un fardo de huesos bajo las piedras. Yo había creído en su promesa de recuperar la herencia de mi padre, y fui dejando mi fe por el camino.

Mientras dura el poder, los poderosos padecen la ilusión de ser invencibles e inmortales, y logran contagiar esa fantasía, pero en estas tierras nuevas el tiempo lo muele todo más aprisa. Ahora yo regresaba al Perú como miembro de la corte virreinal, y era amigo cercano del nuevo capitán de las tropas, mientras que de Pizarro, el conquistador mitológico, no quedaba en el mundo ni siquiera el fantasma: era menos que niebla en la niebla de las montañas.

Profecía de la llegada de los invasores

Sin hacerle presión se ha partido en mis manos la flecha.
Sin que nadie lo empuje ha resbalado y ha caído ese cántaro.
Está rota mi palma antes de que la espina la hiera.
Se deforma en mis labios y se vuelve una injuria la palabra
                                                [amistosa.
Brota del sol una saliva oscura.
Dicen cosas temibles los vientos en los nichos de piedra.
El cóndor alza vuelo y se tropieza con las ramas bajas.
Los niños de repente tienen rostros de ancianos.

9.

ALCANZAMOS EL PUERTO BRUMOSO DE EL CALLAO

Alcanzamos el puerto brumoso de El Callao, el mismo día cabalgamos hasta la Ciudad de los Reyes de Lima, y al anochecer frenamos los caballos ante la casa grande del marqués de Cañete.

Después de Panamá, de llenar un día entero de luna a luna con mi relato del viaje de Orellana; después de dos semanas en la cubierta del Pachacámac, viendo pasar las costas lluviosas, las islas donde los primeros exploradores vivieron su infierno, los largos peñascos de pájaros blancos y los lomos oscuros de ballenas o serpientes marinas, Ursúa y yo habíamos tejido una buena amistad. Él sabía casi todo de mí, yo ya tenía recuerdos de colinas navarras, tabernas de Donostia, mujeres lujuriosas de las orillas del Cantábrico.

Habiendo conocido el Perú en momentos distintos, ahora llegábamos juntos, y no ve el mismo mundo quien va a solas que quien se siente acompañado. El virrey que ya había convertido a Ursúa en su jefe de tropas pensaba usar su brazo para sofocar rebeliones, someter a su espada un mundo siempre maduro para la insurgencia, pero Ursúa venía borracho de sueños. Recordando las postergaciones de Santafé y el pésimo desenlace de aquellas demoras, estaba decidido a impedir que se repitiera la historia de su tío: que el virrey empezara a utilizarlo como punta de lanza para conjurar levantamientos y apaciguar regiones donde había fuegos de rebelión indígena guardados en las brasas, colonos rumiando rencores, locos aventureros gestando conflictos.

Ya en Panamá el capitán había formulado sus expectativas si lograba vencer a los cimarrones; era la hora de plantearle al virrey con toda claridad su proyecto. El guerrero sombrío de treinta y un años, sobreviviente de tantas batallas, renacido sin fin de sus cenizas, quería emprender enseguida la conquista del río más grande del mundo y de la selva de misterios que lo envuelve. Para él, el país de las amazonas era un anillo de fortalezas dispuesto en la manigua para aislar y resguardar la ciudad presentida. En su mente se entretejían leyendas, rumores y crónicas, relatos de viajeros que orillaban el delirio y la fantasía. Atento a todo relato, sólo lo convencían las cosas que confirmaban su obsesión; desechaba como fábulas lo que fuera desalentador y desoía advertencias y recomendaciones.

Porque me había convencido de acompañarlo, se sentía más seguro que antes: se sentía capaz de convencer casi a cualquiera. Y si el Perú al que llegábamos era bien distinto del que había padecido en otro tiempo, yo sé que Ursúa había cambiado más. Del muchacho soñador e indeciso, a la deriva por los reinos, se había alzado un guerrero influyente, apreciado en la corte y lleno de elocuencia.

Casi me arrepentí de haberle expresado en Panamá tantas opiniones severas sobre la conquista, porque finalmente él era todo lo que yo censuraba de los conquistadores. Pero confieso que bajo su influjo los excesos y los crímenes parecían comprensibles; la malignidad se llenaba de atenuantes a la luz de las circunstancias. Y es que ser su amigo lo llevaba a uno, al menos me llevaba a mí, a minimizar sus errores y sus responsabilidades, pues si era arbitrario y brutal cuando estaba poseído por la pasión permisiva de la guerra, en el trato corriente era amable y leal, y a su lado uno se sentía bajo un escudo protector.

Derrochaba ingenio, gracia y picardía. Desde que dejó a sus mujeres en Santafé, una india cumanagota llamada Z'bali, que le rezaba el cuerpo antes de las batallas, y una dama española que él a veces soñaba con traer al Perú y que tenía en la sabana de Bogotá una hija suya, sólo trataba con mujeres que no comprometían sus afectos, que no ocupaban su corazón más allá del momento y le dejaban todo el tiempo para delirar campañas y tesoros. La sed de poder era la única pasión que lo colmaba, que lo llenaba de argumentos, y el marqués de Cañete fue dócil como todos nosotros a sus sueños de sangre y a sus fantasmas de oro.

Como Gonzalo Pizarro veinte años atrás, Ursúa hacía cuentas el día entero: costos de caballos y soldados, víveres, tiendas de campaña, cerdos, y las armas principales: perros, ballestas, arcabuces y pólvora. Tenía que incluir en el costo inicial los barcos de la expedición, y contaba con muchos menos recursos que la empresa de Pizarro.

Comenzó a recorrer encomiendas, conociendo a los señores y llevándoles el saludo del virrey. No se proponía en principio solicitar nada de ellos sino irse formando una idea de cuáles serían candidatos a financiar su proyecto. Hubo una larga serie de visitas y almuerzos, excursiones a caballo por las montañas, reuniones con dueños de tierras y de indios, y Ursúa no perdía oportunidad de revivir sus hazañas del Nuevo Reino de Granada, que eran admirables.

En esos relatos era héroe a los diecisiete años, fundador de ciudades a los veinte, guerrero triunfal a los veintidós, un jinete incansable por montañas tremendas, entre tigres, caimanes y poblaciones hostiles, en todo el esplendor de su juventud, y sabía dramatizar las vicisitudes de la búsqueda de su tesoro perdido, las guerras contra el panche y contra el muzo, las guerras de esmeraldas, la historia que le había contado Castellanos de los pulmones jóvenes de los indios reventados en la extracción de perlas en Cubagua, la historia de sus dos grandes fundaciones en el Nuevo Reino de Granada, los relatos temibles de las bestias de piedra y del relámpago que no cesa, y sobre todo la crónica de su guerra contra el Tayrona, con el hallazgo de las misteriosas ciudades de piedra de la Sierra Nevada de Santa Marta, para cerrar el ciclo con la derrota de Bayano, rey de los cimarrones, en las selvas ardientes de Panamá, entre el vuelo metálico de los escarabajos gigantes.

Pero el relato de esas vidas pasadas era apenas el abrebocas de las aventuras que lo esperaban. Ursúa iba construyendo su leyenda en la mente de los otros, y muchos quedaron bien dispuestos a financiar la aventura de un varón tan sagaz y valiente, tan ingenioso y temerario, que estaba decidido a enfrentarse al mayor obstáculo que se había encontrado en las Indias, a tierras que siendo las más crueles que se pudiera imaginar, recelaban sin duda los mayores tesoros.

Aún parecía posible que lo que faltaba fuera mucho mayor que cuanto se había encontrado; sin duda lo esperaba una gloria perdurable bajo los cielos del Nuevo Mundo, pero también algo que ostentar y narrar en el viejo solar con fortaleza de piedra de sus mayores en Arizcun, en las colinas de Navarra, y acaso en palacios cercanos, donde parientes suyos solían ser anfitriones del más grande señor bajo el cielo.

Muchos quedaron convencidos, y después de las primeras visitas algunos prometieron recursos importantes para esa expedición que llevaba a la cabeza un capitán garrido y principesco, y estaba avalada y fiada por el propio virrey. No había pasado mucho tiempo desde nuestra llegada cuando Ursúa empezó a sentirse en condiciones de iniciar el recaudo de recursos y el reclutamiento de los hombres que lo acompañarían. Empezó a indagar por las regiones desde donde convendría salir, y yo mismo le sugerí que no sería necesario ir hasta Quito, como lo habíamos hecho con Pizarro, con tremendo desgaste de energías y de hombres, porque un río tan grande nace en todas partes, los tributarios son innumerables, y desde las vertientes orientales de las montañas peruanas encontraríamos sin duda aguas capaces de llevarnos a la selva profunda.

Pero allí, por esos mismos días en que la ciudad se abrió ante nuestros ojos más allá de los grises barrancos, el marqués de Cañete enfrentaba la primera situación difícil de su gobierno. La necesidad de prevenir una nueva revuelta de encomenderos lo estaba obligando a presentarse como un gobernante humilde y contrito ante los ojos de una viuda mestiza, de la que todo el Perú hablaba con una mezcla apasionada de admiración y de envidia.

En la selva de adentro

Se tendió en el suelo de arcilla y bajaban a ella las luces del cielo.
Que eran cocuyos, dijeron los brujos, pero ella temblaba.
Que eran ojos de zorros en la selva de adentro.
Que eran orificios en la pared de la casa del sueño.
Que eran manchas de tinta en la piel desnuda del firmamento.

Se tendió sobre el agua y el agua no la devoraba.
Encendió hogueras en los caminos de la sierra.
Arrojó brasas al abismo lleno de niebla.

Siempre pasa dejando un rastro de piedras brillantes.
Siempre deja su sombra en las pupilas.

10.

DESPUÉS DE PENSAR MUCHO
EN CÓMO CORREGIR LA OFENSA DEL SOBRINO

Después de pensar mucho en cómo corregir la ofensa del sobrino, que comprometía a toda su familia, el marqués de Cañete tomó la decisión de enviar a Pedro de Ursúa, su hombre de confianza y el guerrero más vistoso del reino, a visitar a la viuda de Pedro de Arcos, presentarle sus respetos y el testimonio de profunda indignación de la casa virreinal por el crimen de su pariente, decirle que el criminal sería procesado con toda severidad bajo las leyes imperiales, y pedirle que un día aceptara ser visitada por el propio marqués. Todavía escribíamos «leyes imperiales», aunque ahora nos gobernaba un rey y no un emperador, aunque el imperio de unas décadas pugnaba por deshacerse en reinos.

Ursúa no podía negarse a cumplir aquella embajada, pero por primera vez en su vida se veía obligado a asumir el papel de humilde presentador de excusas, y eso no cuadraba con su carácter. No le concedió a la misión gran importancia ni pensó mucho en la dama que debía visitar: pudo representársela como una pobre señora doliente encerrada en su mundo, gente de la que uno sabe desentenderse después de cumplir la visita.

Me pidió que lo acompañara a Trujillo, pues iba a aprovechar las circunstancias para visitar a los encomenderos de la región y compartirles el proyecto de su campaña. Por el ardiente litoral cabalgamos durante más de diez días, descansando en haciendas que el virrey asignó, seguidos por una tropa numerosa. Finalmente, escoltado por esa misma tropa pero sin mi presencia, Ursúa llegó a la gran casa de piedra de los Atienza y solicitó ser recibido por la señora en nombre del virrey.

Después de hacerse esperar largo rato, parece que la viuda apareció bajo un velo de luto, escuchó su saludo, casi ni lo miró mientras él recitaba su mensaje con el mayor respeto. Él empezó a sentirse especialmente mortificado por esa misión, porque detestaba el papel de emisario humilde, solicitador de disculpas, y también porque la mujer, altiva y rencorosa, lo trató como a un subalterno insignificante. Esa misma noche el capitán me confió su desagrado por esa mujer a la que acababa de conocer, y al día siguiente me confesó que la rabia de haber ido a aquella casa casi no le permite conciliar el sueño.

Con ganas de desquitarse, le escribió por el correo marino una carta al virrey diciéndole, no cosas falsas, pero sí verdades exageradas, entre ellas que la viuda recibió de mala gana sus disculpas, que tenía más de india que de española, y que no le parecía persona de fiar. Para su contrariedad, el marqués en su respuesta encontraba perfectamente explicable la actitud de la mujer, teniendo en cuenta que estaba hundida en pleno duelo, que acababa de perder a su marido, y que era la única persona a la que el gobierno virreinal recién inaugurado había ofendido de un modo grave.

Inés había asumido su papel de reina ofendida, de modo que apenas se dignó agradecer con rostro duro las palabras del virrey, pero ese rostro hostil se le quedó grabado a mi amigo de un modo ofensivo. Pensaba en ella a menudo. Primero se dijo que era su trágico destino de viuda lo que lo afectaba de ese modo. Pero no olvidaba el rostro, endurecido por la ofensa, y hasta me confesó que había algo perturbador en él, más odioso en su firmeza de piedra de lo que decían los rumores de la ciudad. Le molestaba que una mujer desconocida le despertara esa suerte de persistente aversión, y, contra sus costumbres caballerosas, sentía ganas de maldecirla.

Por fortuna tenía otras cosas en qué pensar, y aprovechó su visita al litoral para conocer la región, para enterarse de muchas cosas que habían pasado en los tiempos previos, para saber con quién tenía que hablar para favorecer sus intereses.

Juntos visitamos la ciudadela de Chan Chan, y recuerdo que a ambos nos impresionó, en un día de sol cegador y de largos vientos, la enormidad de aquella ciudad de barro cocido, las plazas inmensas con murallas decoradas de signos marinos, la dureza de las sombras sobre un suelo que parecía rumoroso de historias, el ligero vértigo de estarse perdiendo por un laberinto de galerías sofocantes, muchas de las cuales estaban todavía llenas de nativos que intentaban seguir llevando allí sus mercaderías y celebrando rituales, aunque todos sabíamos que ese no era el mundo de los incas sino un mundo anterior, al que los propios incas miraban con menosprecio.

La dignidad de las ciudades estaba en los altos y pulidos muros de piedra, en las tumbas de la cordillera. Estas ciudadelas de barro, por monumentales que fueran, parecían vestigios de un mundo anterior, un poco bárbaro. Chan Chan estaba demasiado cerca del mar, los dioses de los incas eran de otra sustancia: cóndores de las alturas heladas, pumas de las ciudades de la montaña, serpientes de la selva escondida. Los reyes descendientes de Pachacútec no tenían comercio con el mar, ni con las gaviotas que aletean en la distancia, ni con los peces que pueblan los abismos. Tal vez por eso fue tan fácil que ese costado abandonado y frágil fuera la puerta de la perdición.

Antes de volver a Lima, Ursúa se movía ya como un pájaro de encomienda en encomienda, procurando convencer a los señores de que se vincularan al proyecto con ducados, caballos y soldados. De algo le había servido oírme hablar de mis viajes por Europa: gastaba la gramática pintándoles a aquellos rústicos chapados en oro los maravillosos países que se abrirían ante la expedición, todas esas riquezas en las que ya tenían puestos sus ojos los alcaides del Caribe, los nobles de Sevilla, los mercaderes de España, los banqueros de Augsburgo y de Génova y hasta los cardenales de Roma. Con una inversión a tiempo aumentarían los caudales de todos. Y era una suerte que los financiadores pudieran estar tan cerca, porque los magnates y los banqueros remotos, aunque quisieran, no tenían al alcance de sus barcos los ríos que cruzan la selva ni las ciudades de amazonas que pueblan el mundo de la gran serpiente.

Ursúa empezaba a hablar y se creía enseguida su propio cuento. Acaso sólo él habría podido escribir o dictar esta historia, y sin duda lo habría hecho con mucha más elocuencia de la que puedo poner en ella, porque a veces yo sólo imito malamente su manera de utilizar las palabras. Harto le sirvieron sus historias de infancia, sus endemoniadas tabernas, sus diálogos con el tío querido y el haber frecuentado a tantos hombres ilustres. Como buen seductor, no usaba las palabras para pensar sino sólo para convencer, y siempre tenía tiempo para todo el que pudiera patrocinar sus aventuras guerreras.

Volvimos a Lima y Ursúa rindió finalmente su informe al virrey sobre la misión ingrata que le había confiado. El marqués se declaró satisfecho de haber sorteado el problema de la mejor manera, y Ursúa redobló la presión para evitar que nuevas misiones enredaran sus planes.

Era el año de 1558, y Ursúa iba a emprender enseguida la preparación de su aventura. Desapareció de la corte. Días después supimos que andaba en tratos con toda suerte de personas en los ociosos callejones del reino. Visitaba tabernas y presidios, casonas señoriales y antros tenebrosos. Se mezclaba en riñas, entraba en extraña complicidad con desconocidos, no tardaba en ser el centro de los corrillos y el alma de las pendencias, aunque siempre en el papel de jefe de hombres, protector y caudillo.

Siempre me pregunté si era tan amigo de las personas como parecía, porque no era fácil que grandes amistades surgieran de un modo tan casual y se disolvieran en la nada ulterior como nudos de viento. Pero en ese tiempo no pareció necesitar de mí ni de mis recuerdos, y asumí mis tareas en el despacho del virrey, sin ahondar demasiado en las penas y los deleites de la memoria.

La Huaca del sol

El mar del opaco color de los sueños,
el mar que avanza salado lamiendo peñascos,
las tierras cubiertas de un blanco que no es luz de día
sino la mancha larga de las aves marinas.
La playa pedregosa donde cada guijarro
habla de antiguos amantes abandonados,
y detrás la ciudad de paredes de barro
de paredes con peces pintados que saltan
y en el fondo los grandes estanques
donde los perros sagrados de pelaje desnudo
perros de pieles afiebradas se sumergen al mediodía,
cuando el agua está quieta,
y emergen despacio, primero las puntas negras de sus orejas,
y después el hocico,
antes que sople el viento que barre ciudades y gentes,
y filtra su arena insidiosa en los hundidos templos superpuestos,
que tuvieron paredes de colores
y se fueron llenando de nuevas paredes y trazos
porque aquí dibujamos para los huéspedes de la tierra y de la
                                                    [oscuridad,
porque aquí dibujamos para los muertos.

11.

NO LLEVÁBAMOS MUCHO TIEMPO EN LIMA

No llevábamos mucho tiempo en Lima cuando llegó a la corte virreinal la noticia menos esperada: la corona había nombrado un nuevo virrey. Don Andrés Hurtado de Mendoza y Bovadilla, marqués de Cañete, estaba sufriendo el peor agravio que pudiera esperar un funcionario: ser reemplazado en el cargo más importante del Nuevo Mundo sin previa advertencia. Peor aún, para decirlo con todas sus palabras, ser removido sin haber tenido tiempo de asentar sus caudales ni de recoger sus ganancias.

Yo estaba presente cuando llegó la noticia, que ni siquiera era un mensaje oficial sino un rumor bien fundado, y fui testigo de su turbación. El pobre marqués no entendía lo que estaba ocurriendo; se reunió con sus funcionarios más cercanos y con su familia y analizaron el caso, preguntándose quién en la corte estaría intrigando en su contra. La lista de posibles candidatos no era pequeña, aunque también examinaron la posibilidad de que el delito del sobrino hubiera precipitado la catástrofe. Decisiones tan altas son inapelables y caen como rayos de cielo sereno sobre la cabeza de los subalternos, de modo que el marqués no sabía a quién acudir para enterarse de los hechos, a quién apelar para conjurarlos.

Ni siquiera sabíamos cuánto tiempo llevaba la determinación de su Majestad: el nuevo virrey a lo peor ya estaba en camino. Copié varias cartas en un tono que a mí mismo me alarmaba, y el marqués hizo lo que hay que hacer con las páginas que brotan de la ira pura: revisarlas, corregirlas y destruirlas, porque si bien eran grandes su indignación y su soberbia, los hábitos de la corte le habían enseñado a ser prudente y sagaz. Cada día se preguntaba si el impostor, si el usurpador, si el maldito lamesuelas de la corte que iba a reemplazarlo ya se habría embarcado.

Yo a veces lo encontraba en el balcón mirando las severas y oscuras montañas del inca con una melancolía incomprensible para quien no supiera que el virrey suspiraba menos por el aspecto de las montañas que por las vetas de plata que se ocultaban bajo ellas, por la riqueza guardada que ya no sería suya y que un ganapán ambicioso heredaría.

Entonces empezó a moverse el rumor de que el marqués de Cañete, súbdito celoso de su Majestad hispana, mano derecha del rey en estas tierras últimas, cachorro fiel de la corona, estaba padeciendo la enfermedad que había envenenado a Gonzalo Pizarro; que proyectaba rebelarse contra las determinaciones de Felipe II.

Es más, los rumores no sólo dijeron que don Andrés quería declararse rey de estos imperios, e impedir el desembarco de su reemplazante, sino que estaba preparando a Pedro de Ursúa como gran general de las tropas para garantizar su poder sobre el territorio, y para resistir incluso a un ejército que enviara la corona o que fuera improvisado por algún nuevo obispo con lacres reales.

Por aquellos días, Ursúa volvió a aparecer por la casa virreinal. Entre él y el marqués hubo secretos, mensajes y concilios, porque el capitán había contraído deudas importantes, y la súbita destitución del virrey estaba a punto de arruinar su sueño, tantas veces malogrado, de conquistar una gobernación propia, su voluntad de hacer fortuna en el país de las amazonas, la decisión de enrutar su pie finalmente hacia el corazón de oro de las selvas del este.

Ursúa detestaba la traición: teniendo tantos defectos, siendo capaz de tantos errores, sólo ese crimen parecía en él imposible. Podía ser cruel, podía ser despiadado y brutal, pero era la lealtad encarnada, y cuando daba a alguien su confianza lo hacía de un modo absoluto. Los valientes son francos, no mienten ni recelan, y son también confiados en exceso. En cambio, cuando se hacía evidente que lo habían engañado, su confianza se transformaba en un furor implacable. Pero por primera vez me pareció que Ursúa estaba fuera de sí.

Fue como si en secreto estuviera sosteniendo un pulso con su destino, como si advirtiera que una mano invisible estaba a punto de doblegar su mano. Un hombre como él, hecho para no rendirse, necesita adversarios tangibles al frente. Siempre ganaba en fuerza y en decisión al medirse con otros hombres, pero era incapaz de luchar con la naturaleza y parecía un náufrago en manos de la fatalidad.

Por aquellos días advertí que cuando estaba en problemas a causa de poderes invisibles o inapelables, por aciaga decisión de los astros o de los poderes ocultos, parecía necesitar más que nunca contendores de carne y hueso, y se metía en problemas con todo el mundo. Ni siquiera se daba cuenta de ello: lo hacía de un modo impulsivo, y es posible que dejara enemigos silenciosos, seres ofendidos que ya no olvidarían que Pedro de Ursúa los había humillado, y a los que en cambio él olvidaba con una facilidad que se parecía demasiado a la inocencia. Tal vez fue de esos rostros imperceptibles de donde empezó a surgir el rumor de que Ursúa y el virrey preparaban una nueva rebelión, y que muy pronto habría otra vez grandes discordias y grandes sacrilegios bajo el cielo.

Entonces ocurrió lo menos esperado. El tiempo se había alargado hasta el límite, hasta cuando no parecía haber más que soluciones extremas, negros hechos de insubordinación y de guerra. El virrey decidió enviar su mensaje final a la corona, mensaje que se preparaba para dictarme pero el que yo podía adivinar por los silencios y la tensión de los días previos, por las entradas y salidas de Ursúa de la casa de gobierno, un mensaje que iba a provocar seguramente hondas conmociones, cuando de un barco que acababa de anclar en el puerto llegó primero un mensaje de la propia mano del rey.

Y este mensaje traía la noticia de que don Diego de Acebedo, el nuevo virrey, al que el marqués de Cañete debía hacer entrega de su reino y su trono, de sus montañas y sus ambiciones, de sus esperanzas y sus tropas, había tenido la extraña ocurrencia de sufrir un dolor repentino en el pecho todavía montado en su lujosa jaca con gualdrapas de terciopelo, y de desplomarse de su cabalgadura lujosa a las orillas del Guadalquivir, y de ver desde el suelo pedregoso la agonía del cielo sobre los olivares, y de morirse como cualquier mortal por el camino de Sevilla, cuando iba a embarcarse para Lima a recibir el poder sobre un tercio del mundo, de modo que don Andrés Hurtado de Mendoza inesperadamente volvía a ser, por tiempo indefinido, virrey del Perú.

Ya no había necesidad de rebelión ni de traiciones. El mensaje que se había gestado en el alma del virrey murió dulcemente en su pecho sin brotar a los labios. El destino lo había salvado en el último minuto. La muerte, que por los días en que veníamos navegando por el océano, cuando se apoderó en alta mar del joven Toribio Alderete, había sido su temible adversaria, ahora se había convertido en su aliada silenciosa. La salvación había llegado por donde menos se esperaba, y el noble y sabio monarca don Felipe II volvía a ser en su alma un benefactor inapreciable.

Nunca había pasado por su mente la menor sombra de duda sobre la generosidad y la grandeza del rey Felipe. Dios sabía bien a quién tenía en el trono del mayor imperio del mundo. La tierra sobre la que pesaban nubes melancólicas era ahora una cordillera resplandeciente, llena de hombres vigorosos que tenían tareas que cumplir. Y el bello y principesco Pedro de Ursúa, que había sido su principal aliado en los tiempos oscuros, sería ahora el beneficiario de su protección.

Todas estas cosas escuchaba yo desde un rincón de la sala donde el virrey seguía predicando el evangelio de la fidelidad, la homilía del trono magnánimo. De repente ardía de indignación recordando los rumores perversos que habían pretendido hacer de él un traidor y un desagradecido. Y yo escuchaba el torrente de su alegría, tratando de entender por qué sentía que todo aquello no le estaba ocurriendo al marqués sino a mí. La muerte de un funcionario desconocido, en una ciudad remotísima, al otro lado de un mar inabarcable, iba a cambiar para siempre el rumbo de mi vida.

Más grave habría sido saber que aquel hecho tan feliz para Ursúa estaba escribiendo al mismo tiempo el texto de su suerte, y que no era feliz esa suerte que se insinuaba con todos los brillos de la felicidad. Pero, ay, el destino, por fortuna, es misericordioso y sabe enmascararse. Yo no sabía si alegrarme o preocuparme por el hecho evidente de que la consecuencia inmediata de aquel brusco viraje de la suerte sería la definitiva expedición de Pedro de Ursúa hacia el perdido país de las amazonas.

La realidad más profunda era otra. Inmensa, poderosa, invisible, la serpiente estaba cerrando su anillo sobre nuestras vidas.

Relatos de tambores

Alguien golpea fuerte en la luna del mes de las piedras.
Alguien golpea alegre en el sol de las viejas tortugas.
Alguien llama a bailar sobre la espalda de arcilla de la montaña.

¿Comprendes esa historia que palpita en la luz?

Habla de muchachas bellas como el maíz.
Habla de ancianas sabias como la hierba.
Habla de los relatos de los viejos, que huelen a hierba y a maderas
[espesas.

Los sientes en el vientre, como golpes salvajes.
Los sientes en el pecho, como batallas y como construcciones.
Los sientes en la piel como una lluvia fresca.

Y oyendo ese tambor eres la luna que resuena en la noche.
Eres el sol que está escondido hondamente en la noche.
Eres la espalda roja donde bailan de noche.

12.

URSÚA HABÍA ESTADO A PUNTO DE SER REBELDE

Ursúa había estado a punto de ser rebelde, pero no por traición sino, cómo decirlo, por un exceso de lealtad. Era un soldado verdadero, como lo describen los textos de guerra y como lo habrán soñado siempre los jefes y los reyes. Siendo tan valiente, tan arriesgado y tan cruel, estaba sometido por completo a la autoridad, a una idea del mundo, según la cual todo el que manda tiene que obedecer. No llevaba en su sangre vocación de tirano, e incluso en su insinuada y abortada rebelión seguía siendo fiel al hombre al que le debía su poder. Tampoco en el Nuevo Reino de Granada se había resistido jamás a la voluntad de su jefe, que era su tío y su juez, y esa precisamente fue la causa de su fracaso. Pero por fin no tendría que estar tan sujeto a las líneas de mando; por primera vez gobernaría una expedición sólo suya.

Dejé de verlo muchas semanas. Antes me buscaba con cualquier pretexto para pedir detalles de mi viaje o para confiarme preocupaciones y dificultades, pero ahora había mil tareas entre sus manos; la empresa no tenía suficientes recursos y prometía costar más de lo calculado al principio.

La búsqueda del País de la Canela se sufragó con el botín de una ciudad de oro; nadie vivió la zozobra de tasar cada moneda invertida. Ahora nadie tenía riquezas semejantes; no había duda de que los tiempos habían cambiado. Si legiones de indios comenzaban a extraer la plata de las grandes minas del sur, ningún conquistador iba recogiendo a manos llenas el oro de los pueblos. Ya no había riqueza sin trabajo. Podía haber encomiendas de más de tres mil indios para un solo español, pero eran muchos más los varones de conquista que no alcanzaron nunca el favor de la corona y que resistían a duras penas esperando una voltereta de la suerte.

Un día, Ursúa volvió a buscarme al palacio virreinal para contarme un hecho curioso. Viajando por el interior del reino había hecho contacto con dos indios brasiles que sobrevivieron a la travesía por el río. Yo sabía ya que un año atrás había llegado al Perú, por los ríos del oriente, que corren más allá de los peñascos verdes, todo un pueblo de indios navegantes. Afirmaban haber viajado diez años, aguas arriba, desde la provincia de Omagua, remontando en canoas las corrientes adversas, en medio de grandes penalidades, para venir a buscar las montañas.

Para mí, fue asombrosa la revelación de aquel viaje. Según contaron los indios, más de diez mil nativos habían salido en canoas desde su mundo en la selva impenetrable, habían navegado año tras año por ríos que se estrechaban, hacia las montañas borrosas del occidente, y apenas unos centenares alcanzaron las primeras aldeas en la parte alta de la cordillera. Quienes los habían interrogado a través de intérpretes no pudieron entender el motivo del viaje: los indios respondían con vaguedad y ni siquiera contaban bien de dónde procedían.

«Siempre siento que hay muchas cosas de tu viaje que no me has contado todavía», me dijo Ursúa una tarde de lluvia, mientras cabalgábamos reconociendo las regiones del oriente del Perú. Recuerdo que el cielo se abría en relámpagos, y mientras escampábamos junto a unas rocas enormes retomé los recuerdos, añadí precisiones, volví a contarle momentos que sin duda ya le había contado, y sentí que no estaba en mí el propósito de impedir que avanzara en su empresa, que más bien estaba yo contagiado por esa magia persuasiva que tenían su rostro y sus palabras.

Hablamos de las tormentas eléctricas que habíamos visto en los viajes, y Ursúa recordó la historia de la fulminación que cayó sobre los hombres que esperaban al juez Armendáriz, en el cabo de la Vela, una tarde de casi quince años atrás, cuando el cielo quieto descargó un rayo sobre uno de los barcos anclados en la bahía. Otro rayo había incendiado una palmera cuando iban viajando por el Magdalena, y finalmente recordó el misterioso y continuo relámpago sin trueno que hay en las selvas del Catatumbo, que lo hizo sentir a las puertas del infierno. El trueno más poderoso que yo había oído no estaba en el cielo y Ursúa no lo escucharía jamás: era el choque del río contra una pared blanca, cuando en vez de ser arrojados al abismo nos vimos rodeados por la espuma del mar.

En todos mis recuerdos me parece que estoy contándole historias a mi amigo. Las palabras no son nunca las mismas pero siempre me gobierna el mismo propósito: menos contar los hechos que rescatarlos, darles un orden en el relato sólo para tratar de entenderlos.

Cuando cesó la lluvia yo estaba en la mitad de alguna historia, pero Ursúa me pidió que reservara el relato para un momento en que pudiera prestarle toda la atención, y me llevó a conocer los ranchos que había plantados bajo las grandes arboledas a la orilla del río. En ese campamento, me dijo, estaban los indios brasiles que habían llegado de la selva.

No sé si me impresionaron más los indios o la actitud de Ursúa. Yo sabía que había librado cuatro guerras contra pueblos indios, que lo habían enjuiciado por sus crueldades, que había dejado en las provincias el rastro de un verdugo. Y allí estaba conversando con ellos como si hablara con reyes o príncipes, esforzándose por entender su castellano deforme y selvático, interesado en su lengua de origen. Como otras veces antes, me recordó a Orellana: mi viejo capitán tenía ese extraño interés por las lenguas indias y pasaba tardes enteras aprendiendo palabras, encontrando equivalencias.

El encuentro fue breve, pero Ursúa me aseguró que los llevaría en la expedición, y me gustó saberlo. Muchas preguntas quería yo hacerles a esos viajeros solitarios que eran mis hermanos secretos: ellos habían vivido, a la inversa, el camino que yo padecí en las fiebres de mi adolescencia. Y la verdad es que no pude esperar hasta el comienzo del viaje: un día volví a la región por mi cuenta, acompañado de un intérprete, y me interné por las orillas hasta el caserío donde los habíamos visto.

Lo que supe no se lo dije a Ursúa, y fue tal vez el único secreto que tuve para él. Era una verdad para mí mismo y de las más reveladoras que recibí jamás.

Cuando tuve ante mí a los dos indios brasiles, le pedí a mi intérprete que les contara que yo había pasado por su tierra en un barco muchos años atrás. El modo como reaccionaron fue extraño. Uno se acercó, miró mi cara, tocó mi barba, tocó mis cabellos que caían hasta los hombros. Después, como midiendo sus palabras, le dijo algo a mi intérprete, alzando los brazos.

«Quiere saber cómo era la canoa en que ibas.» «Dile que era un barco grande, con velas de colores, y que a su lado iba otro también con velas, y que iban seguidos por canoas.» «Quiere saber de dónde habían sacado el barco en que bajaron de las montañas.» «Dile que lo construimos nosotros mismos en la orilla del río. Que veníamos por tierra desde los montes pero que se cerró la selva y, como no podíamos retroceder, hicimos el barco.» El indio me miraba con los ojos agrandados. Habló al otro con animación, le explicó algunas cosas, y parecieron conversar de algo que los inquietaba enormemente.

«Dice que ellos, escondidos desde la orilla, vieron bajar los dos barcos. Que después de perderlos, estuvieron días y días esperando, para ver si pasaban otros más. Que hablaron con otros pueblos de la selva, y que había muchas explicaciones distintas de lo que habían visto.»

Pregunté por qué les llamaba tanto la atención el paso de unos viajeros, y sólo después advertí mi torpeza. Los barcos de vela fueron para mí formas familiares desde la infancia, pero aquellos hijos de la selva nunca habían visto un objeto como ese. Después de escarbar en la memoria de cada uno, y en sus cantos, que son la memoria de las generaciones, y en sus sueños, que son la memoria de los árboles y de los pájaros, no encontraron nada que se pareciera a aquello. Era la cosa más extraña que había pasado jamás por las orillas de la selva, y todos empezaron a preguntarse qué había allá, arriba, en la raíz de los ríos, en la cara imperturbable de las montañas.

Para mí fue un relámpago comprender que nuestro paso, quince años atrás, había perturbado la vida hasta entonces invariable de aquellos pobladores. Todos los habitantes de la orilla habían visto pasar nuestros barcos río abajo. Algunos salieron a recibir y honrar a los viajeros, sin duda creyéndolos seres mágicos o sagrados; otros los despidieron con nubes de flechas. Pero otros hicieron conjuros y oraciones: la evidencia de que una casa o templo descendía por los ríos de la cordillera tuvo un efecto semejante al que obró en nosotros la noticia de que había allá abajo un inmenso país de caneleros. Y así como nosotros armamos una expedición delirante, esos diez mil hombres salieron de sus casas a buscar en las montañas, en la fuente donde nacen los ríos, el nido de los demonios o de los dioses, la fábrica de los bergantines orgullosos, los hornos o las tempestades de donde proveníamos.

Los indios se veían maltratados por la vida, su primitivo color cobrizo desmayado por una palidez malsana, rostros que revelaban grandes sufrimientos, ojos de haber visto cosas terribles. Y sin embargo se hallaba en ellos la evidencia de estar cumpliendo una misión ineludible. Sentí reverencia. En los sacerdotes de nuestra iglesia no tuve nunca la sensación tan nítida de estar presenciando un destino sagrado.

Estos eran los nativos de las selvas que años atrás habían visto pasar unos barcos, y que después de verlos desaparecer corriente abajo volvieron sus ojos hacia el occidente y se preguntaron de dónde venían esos objetos flotantes, llenos de seres desconocidos, que bajaban por el río. Estos eran los hombres que, después de rumiar muchos meses el sentido de esa aparición, no pudieron soportar la incertidumbre y el desvelo, y reunieron embarcaciones para lanzarse a su vez a la aventura. Eran los que remontaron el lomo caudaloso de la serpiente hasta ver aparecer las montañas. Unos de los poquísimos sobrevivientes de la multitud que emprendió el camino en canoas y piraguas, buscando el secreto que había en las cumbres.

Más altos aventureros que nosotros, no los había movido la codicia sino sólo la necesidad de aclarar un enigma. De pronto me sentí responsable de que ellos estuvieran aquí, tan lejos de sus selvas y sus dioses. Yo era el secreto causante de que miles de ellos hubieran muerto extenuados en un forcejeo con las aguas que bajan por los pasos encajonados. Ellos también eran víctimas de Pizarro, de Orellana y de sus hombres, entre los cuales yo me contaba.

Para cualquiera que lo haya presenciado desde afuera aquel no fue más que un pequeño diálogo casual, pero para mí fue algo definitivo por muchas razones. La soledad que me había dejado aquel viaje, haber vivido por meses a la merced del río, su cauce inexorable y creciente, sus huevos de tortuga, sus gritos indescifrables, sus delfines rosados, sus serpientes acuáticas, sus lluvias de flechas, sus mujeres guerreras, sus humaredas misteriosas, todo me hacía sentir más cerca de estos hombres de arcilla que de mis españoles.

Éramos veteranos del río y estábamos marcados por él; habíamos escuchado su relato y habíamos acatado su voluntad. Sólo por eso estábamos vivos: la vida que teníamos era una concesión del gran río, en uno de cuyos remotos afluentes ahora nos encontrábamos. Me prometí que llegaría el momento de compartir con ellos esos sentimientos, aunque el tiempo implacable no permite que el pasado se invoque sin que el futuro llegue a imponer sus leyes y sus caprichos. Tampoco el río, que existe desde siempre, sabe permanecer idéntico en su ser, sino que ensaya sin cesar sus transformaciones.

Tal vez por eso ni intenté contárselo a Ursúa. Sentí que no entendería lo que me conmovió de esa historia. Para él, los indios brasiles eran indicios de lo que él imaginaba de la selva. Esos tambores que habíamos oído a lado y lado del río, en la oscuridad, eran la evidencia de poblaciones inmensas, de las ciudades que atrás estaban escondidas. Esa muchedumbre de diez mil indios en canoas hablaba de reinos industriosos y enormes, y ese afán de ellos de saber lo que se escondía en las montañas no era para él una prueba de curiosidad y de asombro sino una señal de la necesidad de esos pueblos de proteger sus tesoros.

Allí recomenzaron los preparativos del viaje.

La montaña

Las altas vicuñas van llevando su fardo de oro a la montaña.
La montaña es tan dura y tan alta que nadie podrá tocarla jamás.

Pasa la vieja con su cuchillo de plata, pasa la vieja con su cuchillo
[de esmeralda.

A veces los señores dejan una bolsa llena de conchas marinas,
justo al pie del camino por donde van las vicuñas cansadas.

Todo eso fue inventado hace muchas vidas, cuando eras un niño.
Y cada vez que miras a lo alto, no es el cielo lo que estás viendo,
sino el recuerdo de lo que miraste cuando todavía no habías visto el
[dolor,
cuando todavía no habías visto la furia,
cuando las palabras eran azules y la piel era de agua y el corazón
[era tan bueno como los árboles.

13.

OMAGUA ES UNA PALABRA QUE YO CONOCÍA

Omagua es una palabra que yo conocía desde nuestro viaje con Orellana, pero donde los indios brasiles decían Omagua, Ursúa entendía Eldorado. Empezó a mencionar juntas esas dos palabras, y muy pronto el virrey, que no podía ofrecerle más recursos, le hizo por fin nombramiento solemne.

Designado por cédula real gobernador de Omagua y Eldorado, antes de que esas provincias aparecieran, Ursúa recibió poderes bastantes para reclutar hombres, descubrir tierras, poblar ciudades, nombrar oficiales, recoger por cuenta propia tributos y recompensas, apropiarse de todo cuanto le dieran sus conquistas, reservando los quintos del rey, y licencia para seguir descubriendo y poblando, poblando y descubriendo los reinos inmensos del río, fundando su linaje, preparando para sus descendientes sin duda un marquesado como los que ya había concedido en las Indias más de una vez la magnificencia de los reyes de España.

A comienzos de 1559 se publicó solemnemente la jornada, y Ursúa asumió sus trabajos con más energía que nunca. Viajamos por las vertientes orientales de la cordillera para decidir la región donde se concentraría la soldadesca, el lugar desde donde emprenderíamos la travesía. Faltaban meses, pero una de las primeras decisiones era el encargo de los barcos, y

Ursúa estuvo muchos días averiguando por los ríos que encontraríamos, calculando por las exigencias de la navegación el estilo y las dimensiones de los navíos.

Comenzó allí su búsqueda de carpinteros y calafates, de oficiales y expertos armadores. Pronto había reunido veinticinco oficiales y doce negros carpinteros, y con ellos empezó la adquisición de maderas, herramientas y clavazones. También a acopiar en serio provisiones y armas. Habló sin descanso con veteranos españoles y con indios, y cuando creyó estar seguro de la ruta, escogió la provincia de los Motilones, a donde llegaron los indios brasiles, como el lugar adecuado para iniciar la expedición.

A orillas del río de los Motilones había ya un caserío llamado Santa Cruz de Capocoria, poblado de tiempo atrás por el capitán Pedro Ramiro. En esa ribera instaló el gobernador los talleres para el armado de los bergantines y las chatas en que se distribuirían los hombres, los caballos, las provisiones y las armas del viaje. Dejó a expertos y oficiales trabajando bajo la orientación de maese Juan Corzo, a quien nombró maestre mayor, y para asegurar la fidelidad de aquel enclave consideró oportuno nombrar teniente general de la expedición al propio Pedro Ramiro, quien era ya justicia mayor de Santa Cruz.

Volvió entonces al Perú, y emprendió su campaña final por las haciendas de los encomenderos, para recaudar el dinero de la empresa. Tenía en su mano la lista de quienes lo habían recibido con entusiasmo, que se habían deleitado con sus historias y lo habían hospedado en sus casonas de piedra. Ahora no iba a contarles historias galantes ni a adornar las fiestas de las haciendas sino a recoger los frutos de su campaña previa.

Entonces los encomenderos empezaron a alegar dificultades para aportar todo lo que Ursúa esperaba.

Antes se les encendían los ojos ante la descripción de aquel viaje previsto: los barcos, los caballos, los centenares de soldados, los miles de indios. Ahora empezaban a parecerles demasiados los soldados, excesivos los caballos, costosos los barcos. Seguían convencidos de la necesidad de la empresa pero se apresuraban a exigir que no fuera demasiado ambiciosa, demasiado ostentosa. Toda expedición de conquista requería sacrificios: ellos mismos eran veteranos de muchas campañas. Con cuánta dificultad habían tenido que abrirse camino por cordilleras horribles, por bosques ponzoñosos, por mares traicioneros.

Ursúa explicaba con calma que estaba programando el viaje con la mayor austeridad: los barcos eran indispensables, los soldados debían ir bien alimentados y bien armados, los caballos enfrentarían tierras difíciles. No llevaría tantos perros como al país de los chitareros, menos que los dos mil que llevaba Pizarro cuando salió a buscar la canela, pero había que llevar perros. Y venían las cuentas de los cerdos, el trigo, los granos, las herramientas. Sin duda lo menos costoso serían los indios: pero sin indios era imposible ninguna campaña, por ser baquianos en los pasos de la montaña y conocedores de plantas y animales, y también porque conocían las lenguas y ayudarían en el contacto con los pueblos nativos, pues era preciso no desgastarse en infinitas batallas.

Al cabo de tres meses de visitas y viajes, lo reunido por Ursúa era harto menos de lo que había previsto, pero suficiente para pagar los primeros trabajos. El gobernador sabía que no podía competir con esa expedición previa que había tenido todos los recursos imaginables. Volvió humilde a la sombra del virrey, y este prometió entregarle el doble de lo que habían acordado. Pero la prioridad del virrey era ahora mejorar sus relaciones con la corona. La producción de las minas y toda la riqueza aprovechable tenían que convertirse en envíos que dejaran satisfechos a los reyes meses enteros, convencidos de que tenían en las Indias funcionarios eficientes, desvelados defensores de la casa real.

Y algo tenía que ahorrar el virrey para sí mismo, pensando en su propio futuro, aleccionado ya de que nada es seguro en el mundo, pues cuando uno no está de cuerpo presente en los consejos de Sevilla y de Valladolid es fácil perder la estima de sus protectores. La experiencia acababa de enseñarle una verdad amarga: que aun siendo virrey y pariente de media corte, era fácil volverse un fantasma en las Indias.

Así que, si bien los recursos de Ursúa crecieron un poco, estaban muy lejos de lo que su expedición requería. La vida se había vuelto dura para el viajero desde cuando empezaron a escasear no sólo las riquezas sino las promesas. Estábamos ya un cuarto de siglo después de la llegada al Perú de los primeros conquistadores, y mucho habían cambiado las cosas.

Los hombres del comienzo se apoderaron de cámaras de muertos fastuosos, fortalezas laminadas de oro, momias carcomidas a las que despojaron hasta de la última chaguala, pero ahora la riqueza no estaba a la vista: no había templos con reliquias ni indios enjoyados a los cuales despojar de collares, brazaletes y pectorales. Mucha riqueza quedaba, pero había que arrancarla con sudor y con hierro de las profundidades de la tierra, del costillar de plata de la montaña.

Años atrás, cuando el emperador proclamó las leyes nuevas para proteger a los indios del exterminio, por toda la extensión de la serranía se oyeron maldiciones, porque había comenzado el tiempo en que la única riqueza durable era tener indios que se encorvaran cultivando las terrazas fértiles y arrancando metales a la tierra ingrata y reseca, en un mundo de riscos y de ventisqueros que los incas miraban con veneración y los conquistadores con una mezcla de avidez y de espanto.

No habríamos salido a buscar la canela si todavía quedaran muertos en sus sillas de oro con penachos de plumas y marchitos trajes ceremoniales; si estuvieran aún a la vista las murallas luminosas, los templos con lunas de plata, los árboles con voces de oro. Y si los encomenderos se entusiasmaron con el espejismo de esta nueva expedición es porque ya no podían tener tantos indios a voluntad para trabajar en las minas.

Recibida la licencia virreinal para ir a buscar la ciudad dorada, y cumplir la tarea de reconocer y conquistar para sus majestades el reino de las amazonas, fue largo el trabajo de reclutar soldados entre los vagabundos que llenaban las ciudades del Perú, que eran muchos y malos, y que habían sido el principal sustento de los ejércitos rebeldes que La Gasca derrotó.

Ursúa creyó que el virrey estaba apoyando sólo su expedición: pero empezó a ver con extrañeza que al mismo tiempo enviaba tropas en varias direcciones, como si la amenaza de perder el virreinato lo hubiera convencido de la necesidad de extender sus dominios, no dejar piedra sin mover ni peñasco sin escalar ni punta de la estrella de los vientos sin explorar en la tarea loca y urgente de abarcar el territorio y de obtener nuevas riquezas para repartir, para incrementar los ingresos del virreinato, para aumentar el tributo que llevaba a sus belicosas majestades la flota de los grandes galeones que cada tanto tiempo brotaba del mar seguida por un cortejo de barcos de guerra, y perseguida, ay, por una jauría de fragatas hostiles.

Recuerdo cómo había investigado la situación de las Indias desde los tiempos en que fueron pacificadas por La Gasca. Y yo fui testigo de que, desde su nombramiento, le escribió una larga carta al rey Felipe, para decirle que el principal problema del Perú era la cantidad de hombres ociosos que se acumulaban en las ciudades. Había ocho mil varones de conquista, y de ellos sólo mil tenían títulos de propiedad. Los otros se habían ido quedando en las Indias a pesar de que ya no había ni grandes expediciones, ni campañas de población, ni puestos en la burocracia, ni empleo en las encomiendas, donde sólo había trabajo, claro que sin paga, para indios y esclavos.

Comprendió que esa expedición que Ursúa adornaba de gestos gallardos era un recurso salvador para deshacerse de los aventureros nocivos que perturbaban el reino. «Si tienen tanta energía para el mal —le oí decir un día—, que se enfrenten al río y a la selva: allí encontrarán dónde derrochar su espíritu levantisco.»

Al virrey sólo le inquietaban los hombres de España que convergían en las tierras nuevas como siembra de vientos; no tuvo tiempo de preguntarse qué mundo era este que ahora le daba su oro y su grandeza, qué misterios yacían entre las piedras calcinadas del reino. Y es verdad que la noche cae antes de que hayamos descifrado las líneas de nuestra mano.

Quipus

La cuerda blanca es la aldea.
Las cuerdas de colores las familias.
El color de tu familia es el rojo.
Del primer nudo pende la historia de tu padre.
Del cuarto nudo pende tu historia.
El color de tu cuerda es el verde.
La cuerda primera son tus años.
Si sólo tiene una pulgada, has muerto antes de cumplir los diez
                              [años en el ciclo de la alpaca.
Si tiene siete has vivido todo tu tiempo.
La cuerda segunda son tus funciones.
Del nudo verde saldrá la historia de tu trabajo en el campo.
Del nudo azul tu función en los ritos.
Del nudo rojo tus inventos.
La cuerda color blanco del nudo rojo hablará de canciones.
En el tramo primero de trabajo, en el segundo de memorias, en el
                              [tercero de tu amor, en el cuarto de sufrimiento.
Nada de esto es verdad, es tan sólo una cifra de lo posible.
Bastan nudos y cuerdas y un orden definido para representar todas
                              [las cosas:
Los dibujos de niebla, los matices del pensamiento, los avances del
                  [veneno en la sangre, los cantos de la luna creciente.

14.

LAS REBELIONES SUCESIVAS DE GONZALO PIZARRO Y DE FRANCISCO HERNÁNDEZ GIRÓN

Las rebeliones sucesivas de Gonzalo Pizarro y de Francisco Hernández Girón habían arrastrado a numerosos hombres, causaron muchas muertes y dejaron en la corona un recuerdo amargo. Desde la corte ya empezaban a ver a las Indias como un surtidor de conflictos antes que como un manantial de riquezas. Por eso uno de los objetivos del marqués era armar expediciones hacia distintos confines del virreinato, buscando encontrar riquezas nuevas y dominar territorios, pero sobre todo, como he dicho, liberar a Lima y al Quzco de hombres peligrosos. Así se armó la expedición de 1557 a las regiones del este, que no tuvo tanta resonancia como la nuestra, pero que fundó poblaciones que pronto se hicieron prósperas y poderosas. Y todavía antes de la campaña de Omagua, el propio hijo del marqués se puso en camino para ocupar la gobernación de Chile, y llevó un ejército poderoso para vencer a los rebeldes araucanos.

Tendría que trasladarme yo por un instante al propio barco en que vinimos de España, con el marqués y con su corte, para advertir cuántas cosas se estaban gestando en aquella cubierta. Uno de los hechos más memorables del viaje fue la muerte en pleno océano del joven capitán Jerónimo Alderete, quien venía nombrado gobernador de Chile. A partir del momento en que el muchacho perdió el aliento y murió en altamar, cuando la sombra de las desgracias y del luto cubrió nuestros rostros, el marqués decidió que su propio hijo asumiría esa gobernación de las tierras del sur.

Entre los funcionarios de la corte que venían con el nuevo virrey hubo uno en el barco que casi no traté porque era reservado y acaso demasiado orgulloso, pero que después fui conociendo mejor en la corte de Lima. Había sido paje desde niño del príncipe Felipe, y tenía la pasión de las letras. Se llamaba Alonso de Ercilla, y he vuelto a saber de él porque acaba de publicar en Madrid un poema en el que canta las guerras araucanas de las que formó parte durante dos años. Participó en las avanzadas contra los indios indomables, y no sólo conoció a esos personajes que se han vuelto leyenda, Caupolicán y Lautaro, grandes y valerosos jefes nativos que fueron vencidos por nuestras tropas, sino que los convirtió en los héroes de su epopeya. Si Castellanos después ha tomado la decisión de cantar en endecasílabos y en octavas reales los viajes de Colón, las campañas del Caribe, el avance de Garay sobre Jamaica, la conquista de Borinquen por Ponce de León, la conquista de Venezuela por los alemanes, el viaje de Ortal y de Sedeño por las misteriosas aguas que se vierten en el golfo de Trinidad, las guerras del Sinú, la campaña de Robledo por el cañón del Cauca, el viaje de Jiménez de Quesada con sus hombres por el río de caimanes, las fechorías de Lugo, los viajes de Andagoya por el mar de Pizarro, los avances de Belalcázar y de Federmán, los ataques de los piratas franceses y hasta nuestra aventura bajo el mando de Orellana por el río de las Amazonas, es porque habiendo conocido el poema de Ercilla se dijo que todos estos hechos merecen perdurar no sólo en las crónicas sino en la música de la lengua.

De los cantos que ha compuesto Castellanos, ninguno me conmueve tanto como el que escribió para relatar el viaje de Ursúa, y el destino de los pobres amantes por la selva, abandonados por la Providencia y rodeados de repente por la insubordinación y la locura. Tal vez incluya más tarde en este relato algunas de esas estrofas, pero quiero contar primero cómo se fue organizando la campaña, y las dificultades para conseguir los recursos, que no fueron nada, si bien lo vemos, comparadas con las dificultades que vinieron después.

Si de fondos escasos se quejaban hasta el propio rey Felipe y su corte insaciable, qué no podían decir los aventureros en estas campañas confusas de ultramar.

Ursúa andaba por antros y mercados: ya en la campaña de Panamá se había adiestrado en andar con maleantes y revoltosos. No serían los soldados más dóciles pero eran resistentes, duros para el trabajo, brutales con el enemigo, hechos a la intemperie y al pan duro. Se decía que los amantes de la comodidad no son buenos aventureros ni saben resolver los problemas graves de la lucha con el mundo: mejor andar con diablos fuertes que con príncipes delicados.

A mí me asombraba oírlo decir estas cosas porque el único que tenía aspecto de príncipe en aquellos tropeles era él mismo, el único que daba la impresión de ser refinado y frágil. Pero era su aspecto lo engañoso, y su figura de galán siempre jovial ayudaba a concebir la campaña como una marcha alegre, llena de astucias reconfortantes y satisfactorias recompensas. Yo lo sabía bien: a la hora de la lluvia negra y de la sangre a chorros nadie era más resistente ni más rudo, más salvaje en el combate ni más brutal en la venganza.

Muchos días estuvo entrevistando y enganchando hombres. Desde las discordias de Pizarro y Almagro hasta la pacificación de La Gasca, iba quedando por ahí, sin gloria y sin recompensa, la carne residual de los ejércitos. Y ya que es costumbre en esta conquista que al final de cada guerra se premia mejor a los adversarios que a los aliados, para asegurar lealtades futuras, el ejemplo de La Gasca, que dio monedas a los fieles defensores de la corona y lingotes a los que se alzaron contra ella, fue seguido después por otros gobernantes, entre ellos, claro está, el marqués de Cañete.

Hombres que escapaban de las cárceles en España encontraban el modo de infiltrarse en los barcos, y venían a buscar la gloria a cuchilladas. Uno de los viejos consejeros del virrey dijo un día, sin duda exasperado por las revueltas, que a las Indias llegaban cuatro clases de hombres: había enfermos, había locos, había monstruos y había demonios. Claro que exageraba, pero para comprobar que no mentía bastaba andar por los callejones y las plazas; los conventos no siempre tenían mejor gente que los burdeles, y Ursúa no andaba buscando buenos modales ni finuras galantes sino fortaleza y temeridad, brutalidad y sangre fría.

Yo no acababa de entender a qué horas mi vida había pasado del estudio de Oviedo en La Española, de los gabinetes del cardenal Bembo en Roma, de los diálogos con Teofrastus en las posadas de los Alpes y de mi oficio de amanuense en los salones de España, entre cronistas, letrados y escribanos, para caer otra vez en el tumulto de los desesperados.

Siento que a ciegas me llamaba el destino, borrando los caminos laterales, y tuve que seguir hasta el final: no hallaba la manera de dar la vuelta atrás, de volver a la casa del virrey y pedirle que me permitiera continuar a su lado en los oficios del gobierno, o que me ayudara a regresar a las escribanías de la corte. Seguí creyendo que Ursúa me necesitaba, que mi experiencia tal vez le serviría: cerré los ojos a la evidencia de que Ursúa, todavía gallardo y locuaz, se estaba convirtiendo en el jefe de una tropa de rufianes, justo cuando por primera vez tenía el camino libre para seguir el rastro de oro de ese sueño que había ido creciendo en él hasta alcanzar dimensiones mitológicas.

Volvimos a los pueblos del litoral, desde Piura y Payta hasta las playas de Huanchaco, y Ursúa revisó su lista de encomenderos a los que tenía que visitar, ahora de un modo definitivo, en la región de Trujillo.

Alcatraces

El mar suelta palabras que baten alas blancas,
palabras blancas que vuelan sobre palabras que ondulan oscuras,
palabras que se clavan desde el cielo, que rompen las escamas del
                                                                    [agua

y emergen espumosas llevando en los picos
nuevas y estremecidas palabras sangrantes.

15.

UNA TARDE, EN TRUJILLO, MIENTRAS
URSÚA CABALGABA CERCA DEL ACUEDUCTO

Una tarde, en Trujillo, mientras Ursúa cabalgaba cerca del acueducto, cruzó por la calle empedrada un cortejo lujoso. Desde una silla de mano, llevada por esclavos, alguien pidió que lo llamaran, y cuando Ursúa se acercó, la voz de una mujer oculta en la penumbra le dijo:

«¿Cómo está, capitán? Le agradezco su visita de hace unos meses.»

Era Inés de Atienza. No la había olvidado, porque sintió una mezcla de ira y de alivio, pero sobre todo sintió el cambio de actitud. Ahora ella no se estaba relacionando con el virrey o con un enviado suyo sino con él mismo, y de repente Ursúa no pudo creer que una belleza semejante le hubiera pasado inadvertida el primer día. Miró sus ojos oblicuos, sus cejas marcadas, su oscuro y brillante cabello, el cabello de india bordeando el rostro singularmente hermoso, de grandes pómulos, donde temblaban unos labios rojos y tentadores. Vio el cuello entre los cabellos oscuros, las manos largas saliendo de las mangas de seda, los senos casi escondidos bajo el bramante. Por primera vez en su vida no supo qué responder, y ella se alejó agitando su mano mientras el caballero permanecía atónito bajo el sol, en el viento corrosivo del litoral.

Aquella noche parecía enfermo. Todo el aparente rencor de unos meses atrás le había revelado su verdadera condición. No sabía qué hacer para verla de nuevo, quería consolarla por la muerte de su esposo, quería prometerle que la protegería, jurarle la amistad del virrey y de todas sus tropas.

Era una necesidad tan intensa, que ahora sentía más preocupación y desvelo por ella de cuanto había sentido por la expedición en todos los días anteriores. Habría querido verla enseguida, aunque volviera a ser esa potestad odiosa que lo había menospreciado al comienzo y lo mirara indiferente desde su rostro inescrutable de piedra inca.

No habían pasado ocho días y ya Ursúa estaba en la cama de aquella mujer. Protegido por la inmunidad que le daba ser emisario del virrey, se animó a visitarla en su casa. Ella dio las órdenes necesarias a la servidumbre, y se entregó con la misma ansiedad; también ella estaba pensando en él desde mucho antes de encontrarlo junto al acueducto que construyó su padre, Blas de Atienza, para que florecieran lotos de agua en los litorales resecos.

Allí no estaban el fantasma del padre ni el fantasma del marido muerto. Ahora se amaban frenéticamente en la alcoba de ella, en las salas, en los baños de vapor, les costaba esfuerzo inaudito separarse de nuevo. Empezó a visitarla todos los días, siempre encontraba un pretexto para cancelar las citas que tenía con los encomenderos y los compromisos con sus soldados; parecía no pensar que tenía que volver a Lima ni a Santa Cruz, donde mucha gente esperaba el comienzo de la expedición.

Tratándose de Inés, los rumores no se hicieron esperar, por la cercanía del luto, por el libertinaje, por la envidia, pero ella sintió que Ursúa era el alivio que el virrey había enviado a su viudez, el único consuelo posible para una mujer ardiente y joven que se había visto súbitamente despojada de su marido y abandonada en una casa inmensa, en un país de guerras donde ella sólo tenía una discordia palpitando en su sangre. Trataban de encontrarse discretamente, para que no oyeran demasiado las paredes del vecindario, pero pronto nadie ignoró que Ursúa e Inés de Atienza respiraban el uno por el otro.

Inés no podía creer que él hubiera estado en el Perú cuando ella era niña. Le gustaba hacer cuentas. «Tú tenías seis años cuando yo nací», le decía, «y si llegaste al Perú cuando tenías diecisiete pude haberte conocido desde mis once años.» Habían estado a punto de conocerse, pues el virrey Blasco Núñez de Vela pasó por esa casa de Trujillo precisamente cuando la niña tenía esa edad, y ella recordaba a los muchachos que venían con el viejo virrey de barba blanca. «Pero tú no estabas entre ellos: yo no te habría olvidado.»

Ursúa nunca había podido ver al virrey, pero había llegado a las Indias con algunos de los muchachos de su corte. Recordó, o creyó recordar, que Lorenzo de Cepeda y Ahumada, el amigo con el que había cruzado España hasta Sevilla, y que había visto a su lado unos toros de piedra borrosos de antigüedad en la sierra de Gredos, le había hablado después en Lima de una princesita que habían conocido con el virrey. Quizá estaba inventando ese recuerdo, pero a ella le agradó estar en la memoria de Ursúa desde años atrás. Ella contaba con los dedos: «O sea que, cuando murió mi padre, en 1546, tú ya eras gobernador en Santafé», le decía. Él fruncía el ceño y le hacía reproches: «Y cuando fundé Pamplona, la nueva, en la tierra de los chitareros, tú ya te estabas casando con otro». «Culpa tuya», respondía ella, «por no haber aparecido a tiempo. Creías más importante librar guerras en el país de las esmeraldas que venir a buscarme, aunque ya supieras de mi existencia».

Y prolongaban sus encuentros, espaciando los besos con historias de los primeros tiempos. Él pedía que le hablara de sus abuelos reyes, cuando el mundo era del Sol y de la Luna, de ríos donde reinaban las serpientes y de cóndores que caminaban por el cielo. Le costaba creer que ella fuera del linaje de Atahualpa, y a mí me costó también creerlo cuando él me lo dijo. Para mí esas figuras pertenecían al relato de un reino muerto, cuyas fortalezas de oro había venerado mi infancia, y siempre resulta increíble ver con los propios ojos los vestigios de una leyenda.

Él a su vez le contaba sus aventuras desde las tempranas tabernas de San Sebastián. A ella le gustaba desnudarlo y acariciar su pecho lleno de viejas marcas de flecha y de lanza. La manera que inventó en medio de los juegos del amor para participar de esas guerras viejas era mirar y tocar las cicatrices de sus batallas. Acariciaba en el muslo la huella de una lanza de muzos, en el hombro izquierdo la marca que dejó una flecha tayrona, ampliada por la desgarradura que dejó la flecha un día después, al ser arrancada de un tirón. Besaba cada cicatriz a medida que él le contaba cómo la había obtenido, y después le hablaba de su padre el encomendero, del acueducto que había construido, de su madre perdida que la protegía en las noches, y volvía a hablar de sus abuelos los señores incas, desde Huayna Cápac hasta el gran Pachacútec, mientras él paseaba los labios por su blusa y le bajaba el borde con los dientes para que aparecieran los senos firmes de pezones encarnados.

Le bastaba rozar esos pezones rígidos con sus labios para que ella se estremeciera como si un viento súbito hubiera entrado por la ventana. Él, que había sido siempre urgente y despreocupado de otra cosa que no fueran las cópulas frenéticas, se demoraba con ella en abrazos, en tanteos y repliegues. Parecía no querer que terminara el avance de su mano sobre el vientre liso hacia el montículo de vellos dormidos, se deleitaba esperando el momento en que un roce insignificante despertara en ella uno de esos espasmos que la hacían gemir.

Y si lo sé es porque a Ursúa al comienzo no le bastaba vivirlo sino que tenía que salir a contarlo, y yo era el destinatario de sus confesiones. «Ha de ser que ya te había embrujado desde el primer día», le dije en broma, y él lo tomó a broma también.

Pero no es mentira que desde cuando ella se hizo visible a sus ojos, la suerte de Ursúa comenzó a desviarse tercamente en una nueva dirección. Él había empezado por no verla y muy pronto sólo tendría ojos para ella. Fue el más nítido indicio de cómo Ursúa sólo era capaz de entregarse cada vez a una sola obsesión, y de cómo se combatían en su alma las pasiones.

Canción del enamorado

Unos breves instantes en la región más bella,
en la sombra encendida de sus brazos,
en el bosque de amores de su pecho embrujado,
y siglos en el cántaro de la tierra sedienta.

Unas horas mirando la verdad en sus ojos,
en el abismo de sus ojos donde te miran las estrellas,
y después los milenios
en la prisión avara de la tierra sedienta.

Una noche bebiendo con pupilas ansiosas
su cielo constelado de leyendas y enigmas,
y edades tras edades en la selva de ausencias,
en el hielo de olvidos, en el pozo de escombros,
en el nunca jamás de la tierra sedienta.

16.

NUNCA LO VI TAN ALEGRE

Nunca lo vi tan alegre, tan enamorado; nunca lo conocí tan seguro. Pero debajo de esa seguridad estaban la impaciencia y la nerviosidad de quien ha visto muchas veces al pájaro de la fortuna escapar de sus manos y no acaba de creer que por fin lo ha atrapado. Tenía ya más de cien hombres acampando en el puerto de Santa Cruz, en Huallagas, donde se estaban fabricando las barcas, y se mostraba elocuente, sonriente, más apuesto y gallardo que nunca.

Iba por las calles atareadas y la gente se abría a su paso; teníamos la certeza de estar viendo al favorito de la fortuna, un capitán que pronto sería más famoso que el marqués Pizarro y que Cortés, el avisado conquistador de Nueva España. Ursúa no era un rústico como Pizarro, amamantado por una cerda, alzado a la notoriedad por sus brutalidades, ni un guerrero devastado por las intrigas y la estrategia, sino un caballero pleno de méritos, protegido por los tronos y las dominaciones, privilegiado por la elocuencia y el don de mando, financiado por grandes señores, y finalmente nimbado con esa aureola envidiable que es el amor de una mujer hermosa.

De repente, pareció olvidarse de la expedición, del virrey, de sus cuantiosas deudas y hasta de la sinuosa ciudad de la selva que era su delirio. La bella Inés parecía ser suficiente tesoro, con ese rostro que tenía algo de la intensidad de los moros pero también la distancia indescifrable de los rostros indios, con esos ojos grandes y profundos, la sonrisa espontánea dibujada en su cara, y el cuerpo lleno de secretos y promesas, que exhalaba un perfume de flores.

Porque el destino juega con nosotros. Nunca había estado Ursúa en mejores condiciones para emprender una aventura, más vigoroso, más dueño de su voluntad y de su lenguaje, y nunca, sin embargo, empezó a sentirse tan lejos del deseo de viajar, de iniciar campañas guerreras, de cabalgar persiguiendo sueños tras las montañas. Cuando ya todo lo exterior: la voluntad del virrey, la confianza de los encomenderos, los recursos, convergía para que su expedición se abriera camino, en ese momento preciso algo en su corazón lo retenía y ya no lo dejaba siquiera regodearse imaginando la conquista inminente. Cuando ya se sentía a las puertas del tesoro soñado por años, un tesoro más inmediato y deleitable lo había envuelto en sus redes, y si estuviera todavía a su lado Juan de Castellanos, tal vez el poeta habría dicho que la guerra y el amor se estaban disputando el corazón de Ursúa, y que siendo divinidades igualmente poderosas, era comprensible que el resultado fuera una invencible inmovilidad.

Por un tiempo se permitió ser feliz, andar con su mestiza como en una embriaguez, cabalgar por las sierras con ella, seguidos por tropas de confianza, porque el Perú no dejaba de ser una tierra en conquista, y cada cierto tiempo revueltas, incendios, asaltos, recordaban que aquellos eran reinos ajenos, donde el poder se mantenía por la fuerza y donde no convenía descuidarse. Los recursos que Ursúa había recabado estaban todos invertidos, pero la rica hacienda de Inés les permitía abandonarse día tras día al amor y a los sueños. Después de los paseos, los banquetes; después de los banquetes, las largas siestas, y de las siestas pasaban a los baños de vapor, de los baños a tardes de arrullos, de allí a las cenas y a veladas con fuego y con música, para acabar en los largos abrazos que daban comienzo a sus noches sin sueño.

Y yo puedo entender que Ursúa se abandonara así a los placeres, porque nunca en la vida, desde su infancia en Navarra, le había sido dado vivir tan desentendido y tan poco vigilante. Fue como si en esos lechos y esas mesas hubiera muerto el soldado, y sólo quedaran un amante y un niño ávido de susurros y juegos.

¿Cuánto podía prolongarse aquella vida? Ursúa a veces se lo preguntaba, y, sabiendo que la vida tenía que seguir, aprovechaba el tiempo; unas cuantas jornadas más, se decía, sin preocupaciones.

Se justificaba diciendo que mientras tanto no había negligencia porque ya se estaban construyendo los barcos, pero los barcos empezaban a podrirse en la inacción junto a los ríos del este; que en Huallagas estaban acopiando los víveres, pero los víveres ya se dañaban en las bodegas; que ya estarían llegando los soldados, pero los soldados llevaban muchos días aguardando a aquel jefe que no aparecía jamás. Y a los soldados no sólo hay que pagarles cuando están en marcha, hay que mantenerlos mientras esperan, darles algún oficio, o siquiera un pasatiempo, para que su imaginación y su energía no se vayan llenando de humaredas ociosas.

Cada día en la casa señorial de Trujillo parecía repetir el anterior y prefigurar el siguiente: estaban concebidos para que el tiempo perdiera su urgencia y su filo, para que nadie sintiera cómo se llenaba o se adelgazaba la Luna en el mar a lo lejos sobre las playas de Huanchaco. Y la propia Inés, tan dueña de su mundo, que nunca descuidaba sus asuntos, procuraba demorar al guerrero y facilitar las cosas para que no se sintiera el tiempo, para que la urgencia no viniera a malograr las horas de dicha, para que los reclamos del mundo no interrumpieran demasiado pronto su abrazo.

Los siervos, españoles e indios, que trabajaban en la casa, seguían atareados en impedir que los señores sintieran algún apremio, y ya ni parecía recordarse que existía el mundo exterior, cuando empezaron a llegar mensajeros que buscaban a Pedro de Ursúa.

El virrey fue de los primeros en saber que el capitán estaba descuidando su campaña. Recibió informes de peleas y desórdenes en los campamentos donde se concentraban los soldados, y cuando preguntó más en detalle, supo que estaban al mando de jefes improvisados, porque el capitán Ursúa ni siquiera había nombrado mariscales de campo, ni abanderados, y la estructura y la disciplina de la tropa estaban extrañamente relajadas.

Con la sensación de que en Trujillo estaba sobrando, yo había vuelto a Lima, decidido a esperar que el capitán regresara también y me diera instrucciones para la campaña. Un día el virrey me llamó a su despacho y me preguntó por Ursúa, no sólo porque sabía de nuestra amistad sino porque se había enterado de que en lugar de volver a España, como estaba previsto inicialmente, después de acompañarlo a su llegada como virrey en las Indias, yo había decidido viajar con Ursúa a la selva.

«No entiendo tu cambio de rumbo», me dijo; «en España te negabas con abundantes argumentos a acompañarme al Perú, y hablabas de tu abominación por la selva: ahora te veo decidido a internarte en la misma maraña que era infierno hace apenas cinco años». Le respondí que ahora la gratitud con aquel hombre comprometía mi lealtad, y que acompañarlo era también una manera de servir a la corona. El virrey habló entonces de la tardanza de Ursúa en emprender su campaña. Traté de protegerlo, y le dije que Ursúa estaba preparándose para partir.

«Sólo está recogiendo los últimos recursos, lo que le prometieron los encomenderos de Trujillo y de Paita, y creo que ya no tardará en volver.»

Enseguida le envié un mensaje a Trujillo, creyendo ingenuamente que era el primero. No sabía que los mensajeros llegaban, primero cada semana, después cada cinco días, ahora cada tres a la casa de Inés de Atienza, y que los mensajes se acumulaban de un modo que podía parecer alarmante a alguien con menos confianza en sí mismo que Pedro de Ursúa.

Él seguía diciéndose que era bueno reposar y prepararse. El viaje sería duro y los caminos espantosos. La dicha de ahora sería irrecuperable durante muchos meses. Pero estaba seguro de que echar a andar la campaña sólo dependía de su voluntad.

«Ya verán cuando llegue», debía de pensar; «bastará dar la orden e iniciaremos un viaje que van a recordar los reinos».

Él no se daba cuenta, pero algo comenzaba a vacilar en la tierra o el cielo. Incluso su necesidad de permanecer junto a Inés, lo mucho que le costaba desprenderse de ella, era como un indicio de que algo en él se resistía a su propia aventura.

Cosas adversas empezaban a decirse en la vecindad de los poderes de Lima, los rumores corrían con nuevo brío por la ciudad de Trujillo, y en la propia casa de Inés la aparente felicidad de los días parecía una cuerda más y más tensa que por alguno de sus puntos iba a romperse. Algo tenía que pasar, algo debía romper el cristal de aquel embrujo.

Un día, Ursúa vio por fin la cantidad de mensajes que se habían amontonado en la gran mesa negra, y advirtió la frecuencia de los llamados, el silencio de la servidumbre, algo en la misma conducta de Inés. Algún sobresalto en su vida amorosa, algún reclamo sobre otro tema, le recordó las deudas adquiridas, las gentes contratadas, los barcos encargados meses atrás, todo lo que había descuidado en los desvelos del amor.

Por apacible que sea el jardín, tarde o temprano entra la serpiente. La propia Inés se levantó algún día con el himno de la realidad en los labios, y Ursúa recordó que era un conquistador, un hombre necesitado de riquezas. No podía seguir mostrándole a su mestiza por todo paraíso su propia casa, porque el refugio de amor terminaría por parecer una prisión.

Ella, que no se proponía romper la magia, se arrepintió de haberle mencionado sus deberes, pero Ursúa sintió que despertaba de un sueño. Comprendió que ahora necesitaba el reino de la selva por razones más imperiosas: tenía que ponerlo a los pies de aquella mujer. El país fabuloso de Omagua, el reino de las amazonas, el tesoro incalculable de la oculta ciudad de Eldorado todavía no existían, pero ya tenían su reina.

Manoa

La ciudad ya sabe que vienes.
Oye golpear tus martillos a la orilla del río,
siente el sudor de esclavos que cae en el agua,
oye la voz del pregonero que anuncia tu nombre.

Se lo dijeron los pájaros con un grito amarillo,
se lo dijeron las antenas de las hormigas.

Una mujer en sus altas murallas se mira en un plato de oro,
otra prepara el cuchillo de piedra del que nunca se ha limpiado la
                                                              [sangre.

La ciudad es paciente y espera,
hace ondular su cola en el estanque,
y si el remero empuña su remo de oro
es porque esa canoa quizás será tu tumba.

Las mujeres inmóviles sienten brillar los ojos de los chamanes,
una mariposa roja vigila el sueño del jaguar.

La ciudad te ha esperado como la serpiente espera al conejo,
está llena de ojos y de oídos,
un árbol fuerte brotará de tu pecho,
naciste para alimentar a sus pájaros.

17.

PRIMERO FUE URSÚA QUIEN LE PIDIÓ QUE FUERA CON ÉL

Primero fue Ursúa quien le pidió que fuera con él a Lima, para responder al llamado del virrey y para atender a los reclamos de sus hombres y ella empezó negándose, diciendo que era mejor que él atendiera sus asuntos y que además no estaba segura de ser bien recibida en la corte.

«Tenemos que ir a Lima», le dijo Ursúa, «aunque sea por poco tiempo, para atender los asuntos pendientes». «Tú sabes que las mujeres de los encomenderos me odian», dijo ella. «Te tienen envidia, más bien», dijo Ursúa, «pero además ya está decidido que serás mi mujer, y más vale que las gentes, incluso en la corte del virrey, se vayan haciendo a la idea de vernos juntos».

En parte tenía razón. Al virrey, alentado de verlo aparecer, no le molestaría aquel romance que parecía poner fin al duelo de la ofendida y acercarla a los afectos de la casa virreinal: disipaba la primera nube que se había formado bajo su gobierno.

Ursúa fue, pues, con Inés a la Ciudad de los Reyes de Lima, y el virrey aprovechó la ocasión para invitarlos a su casa y ofrecer una cena de bienvenida, que era en realidad un discreto banquete de desagravio. Todo transcurrió de un modo ceremonioso y apacible, y no se mencionó el hecho trágico que habían vivido meses atrás. El marido muerto quedaba sepultado en la bruma, y tampoco se habló del sobrino homicida ni del castigo que había recibido. Ella sólo parecía tener ojos y oídos para Ursúa, que lució sus encantos, su memoria de miles de hazañas, y mencionó con entusiasmo renovado los preparativos del viaje.

Lo que no esperaban y les encantó a los señores fue que Inés derrochara sencillez y cortesía. Descubrieron que estaba acostumbrada a la vida señorial, aunque procuraba mantener las distancias, porque sabía bien que la primera pasión que solía despertar era la envidia.

Las señoras en cambio no la apreciaron, porque su piel canela, su largo y abundante cabello negro, los pómulos anchos de la familia real, relataban su origen. «Es una india», le oí decir una tarde a doña Teresa, la esposa del virrey. «Te equivocas», le contestó el marqués, «es hija de Blas de Atienza, que era encomendero y hombre de confianza del virrey Blasco Núñez de Vela, y ha heredado de él una fortuna». «Pero su madre no tuvo nombre», contestó ella, «y el capitán debería buscarse una mujer que le convenga más».

También los indios desconfiaban de Inés; les parecía demasiado arrogante, demasiado lejana para pertenecer de verdad a su raza. Era una mujer rica, es decir, libre y sola, y eso no era frecuente en la ciudad ni en el reino. La muerte temprana de su padre, ya que de la madre no supo, como decían los rumores, «nadie nunca nada», y la confusa muerte de su marido, la habían dejado sin norte y sin freno. Y otras personas en la propia casa del virrey murmuraban también con rencor: «Es una puta».

Tal vez todo está dirigido. A veces pienso que aun sin la embajada de disculpas que el virrey le encomendó a Ursúa, de todos modos se habrían encontrado: era difícil que esta hembra lujosa no terminara en los brazos de Pedro de

Ursúa, el varón mejor valido en energía y mando de todo el reino, al que todos veían admirados con sus prendas de hidalgo, sus largas botas hasta la rodilla para andar por los empedrados de Lima, sus camisas de lino y sus casacas, sus collares de plata, sus ruanas negras de alpaca y el sombrero de cazador que acostumbraba ponerse cuando no tenía sobre la cabeza el casco con cimeras del conquistador; con esa estampa natural contrariada o mejorada por las huellas de la guerra.

Era espléndido verlos a los dos, hermosos y ostentosos de su fortuna, paseando por las plazas de la ciudad lujosa que crecía, mirando juntos al mar desde los barrancos resecos, o, cuando estaban separados, buscándose sin cesar con los ojos en medio de los amontonamientos de la catedral. Él se habría abandonado al deleite, pero así como algunos veíamos con gozo sus andanzas, muchos en Lima seguían viendo mal esa relación que no había sido bendecida por la Iglesia; la esposa del virrey se santiguaba cada vez más a menudo, para advertir a su marido que había que cuidarse de aberraciones semejantes; el escándalo formaba nubes bajo el cielo de la ciudad, y a veces los amantes preferían salir, cada uno por su lado, a encontrarse en lugares alejados y seguros, para poder amarse a su antojo. No faltaban los peñascos seguros ante inmensos paisajes, los bosques con riachuelos, los altos pasos de la sierra donde, después de dejar a la guardia vigilante, podían estar juntos bajo la sola mirada de las cumbres de nieve.

La espera y las demoras habían llegado al extremo. Me pareció que Inés había sabido superar su fiebre amorosa, que por fin había comprendido que era deber del gobernador irse a la aventura y a la guerra, y que estaba decidida a esperarlo el tiempo que fuera necesario. Pero no ocurrió así.

Aunque era ella quien le había recordado el deber y lo había despertado a la necesidad de emprender por fin la partida, pronto comprendió que era incapaz de soportar su ausencia, y una tarde, después de un largo y tenso silencio, le pidió que la llevara.

Él, que ya lo había pensado y lo había desechado, se sobresaltó con la propuesta. Le dijo con convicción que eso sería una locura. «Me sentiré mucho más tranquilo si sé que estás en Trujillo, preparando nuestro futuro. Tu recuerdo hará más fácil para mí, y más urgente, descubrir y conquistar, triunfar y regresar.» Pero ella encontraba cada vez más argumentos. «Serán muchos meses de viaje, mi presencia podría ayudarte a avanzar por las selvas, para ti será mejor descansar en mis brazos de los trabajos del mando y de la navegación.»

Alguien, quizás el propio primo de Ursúa, Díaz de Arlés, que venía con él desde Navarra y lo acompañó día tras día en el Nuevo Reino de Granada, le había contado a Inés de Z'bali, la amante india que Ursúa tuvo en Santafé. Porque también a su primo como a mí, en medio de sus vivos relatos, Ursúa le habló de la devoción de aquella india hermosa que lo rezaba al emprender sus campañas, que ponía ranas secas y atadillos de hierbas y piedras embrujadas en sus alforjas, que perfumaba su lecho de hojas silvestres, y que sabía amar como las ardillas y como las salamandras.

Inés tal vez quería de verdad acompañarlo y confortarlo, pero también temía que Ursúa encontrara por el camino algún otro consuelo. Él extremó los argumentos para convencerla de quedarse, pero era evidente que sobre todo estaba tratando de convencerse a sí mismo. No podía haber mayor tentación que ir a esa campaña, ardua e ingrata, acompañado de su diosa, y poner un destello de magia y un aguijón de placer en la rudeza de las avanzadas por la selva y el río.

A ella la inquietaba de otro modo la historia de las mujeres guerreras. ¿No encontraría Ursúa en su viaje a la propia reina de las amazonas? ¿No terminaría tal vez enamorándose de ella en las espesuras de la selva? O, aunque no se enamorara, ¿no sería tal vez capturado como los machos de las aldeas indias por esas mujeres ávidas, para que fuera su varón y su semental?

Se cuidaba de decir estas cosas, pero insistió con más vehemencia, y Ursúa se negó cada vez con mayor energía. Prefirió confesarle que la campaña no iba tan bien financiada como quisiera, y que en esas condiciones no tenía cómo darle a ella las comodidades que requería. Unos hombres brutales, acostumbrados a la intemperie y al hambre, podían acomodarse de cualquier manera en bergantines medianos y en chatas expuestas a las flechas; pero una mujer como ella no podía ir revestida de hierro como cualquier capitán de conquista: necesitaba tiendas adecuadas, servidumbre vigilante. Si su lugar no era la corte virreinal, tenía que ser su casa en Trujillo, donde estaba habituada a cuidados y manjares, pierna de cordero al horno con ajo y vinagre sobre lechos de quinua, tubérculos de todos los colores, chupes de pescados marinos y frutos del mar; donde acostumbraba tomar sus baños balsámicos, sus cántaros con vapores de hierbas, sus tapices de lana gruesa con dibujos de la montaña, el continuo rumor de los criados en los patios, desgranando mazorcas y secando semillas, y el balido matinal de los rebaños.

Ella le respondió que si bien era una dama española también era hija de nativos de la cordillera; que su familia no había estado siglos sentada al clavicordio sino que había recorrido el territorio, desde los desiertos de sal hasta los valles de maíz que crecen bajo cercos de nieve; que Ursúa era más que ella un extraño en aquellas montañas y ríos: ella sabría mostrar resistencia ante las penalidades y, si era necesario, bravura en el combate. Y se alargó en leyendas de sus mayores que había recibido de labios de las viejas indias: cómo las coyas y las mamas habían domesticado las montañas, fertilizado las terrazas, y habían enseñado a los pueblos a tejer y a cultivar.

Ursúa empezaba a sentirse el fundador de un linaje que tendría de los europeos la industria y de los viejos incas la sabiduría. Hasta se dijo que quizás lo que había hecho salvajes las expediciones, y brutales y sanguinarias las conquistas, era la ausencia de mujeres que pusieran otro acento en el contacto con las poblaciones nativas.

Pero Inés advirtió en las excusas últimas de Ursúa la grieta por la que podría filtrarse definitivamente en la expedición. Después de un nuevo silencio que habían hecho, como para retomar fuerzas, de pronto se volvió a mirarlo y le dijo: «Yo puedo vender mis haciendas. Con los recursos que obtendremos por ellas tendrás lo que te hace falta para la campaña. Pero la condición es que me lleves contigo. No pido otra comodidad que acompañarte, compartir tu tienda y comer de tu plato si es preciso, pero con estos recursos podrás llevarme a mí y a mis doncellas, y mucho mejorarás las condiciones de la expedición».

Fue el golpe de gracia. Ursúa intentó disuadirla pero sus argumentos sonaban cada vez más débiles. Ahora no sólo tenía el consuelo de ir con ella, de no abandonarla en la peligrosa soledad de Trujillo, sino que súbitamente encontraba los recursos que sin duda harían triunfante su expedición. Lo que necesitaba no eran ya argumentos sino apenas pretextos.

Pronto se convenció de que aquella era la alternativa mejor. La pasión se abría camino, pero también su sentido práctico veía ventajas en esa promesa. Él mismo se encargaría de vender las haciendas, aunque no todas, pues había que dejar alguna reserva, y pronto se sintió más seguro que nunca del gran tesoro que lo estaba esperando. Inés viajaría en calidad de socia poderosa de la expedición. «No te arrepentirás de haber invertido en ella», le dijo, «tus riquezas se verán multiplicadas con el hallazgo de los reinos de Omagua».

Y, de regreso al litoral, para arreglar sus asuntos, y ya como punto de partida para la expedición, que saldría por el norte, por la ruta de Trujillo y Chanchán, de los llanos luctuosos de Cajamarca y por el cañón del río Cocama, le explicó en detalle cómo se había convencido de que una gran ciudad de oro los estaba esperando en las selvas.

Hormigas

Por el cielo la estrella
por la selva la hormiga,
atienden los mandatos de la luz y del hambre,
nunca obedecerán leyes distintas.
Por la selva la estrella
por el cielo la hormiga.

18.

VOY A CONTARTE CÓMO ES EL MUNDO QUE VAMOS A CONQUISTAR

«Voy a contarte cómo es el mundo que vamos a conquistar», le dijo.

»Lo primero que me llamó la atención fue el relato de los conquistadores, que me contó Cristóbal en las playas de Panamá, según el cual la ciudad de oro, Quzco, tenía la forma de un jaguar sobre la montaña. ¿Por qué una ciudad tenía que parecer un animal? Oramín, un indio que fue mi amigo en el Nuevo Reino, me dijo que cada región tiene su protector, y que en las tierras medias manda el jaguar. Por todas partes me he dado cuenta de que el jaguar es el dios de estos pueblos: cuando un jefe es de verdad jefe, o está cubierto con una piel de tigre, o tiene un collar de colmillos, o se pinta de manchas la piel, y cuando baila, baila con movimientos felinos.

»Recuerdo unos nativos que encontramos en el Valle de los Locos, cuando fundamos la nueva Pamplona. Venían pintados de rojo, retorciendo los cuerpos y mirando con tal ferocidad que nuestros soldados al comienzo reían, sintiendo que estaban locos todos, pero yo les dije que no, que aquello era una danza de guerra, que nosotros los veíamos como indios pero ellos se veían como jaguares. Y no había acabado de decir esto cuando detrás de los jaguares humanos salió contra nosotros una lluvia de flechas.

»Después, una mañana, oí a un indio decir que en las montañas nevadas está la ciudad de los dioses de arriba. Primero pensé que eso quería decir los glaciares y los farallones helados, pero después entendí que hay una ciudad de verdad, otra ciudad de oro, con la forma de un cóndor, escondida muy arriba en las montañas. Habría ido a buscarla, pero hay sitios a donde sólo los indios pueden llegar.

»En Santa Marta alcanzamos un día las primeras terrazas de las ciudades de piedra de los tayronas, en la sierra nevada que está cerca del mar. Dicen que son ciudades que desde lejos oyen venir a los viajeros, ciudades que piensan y sienten, y si esas me inquietaron, todavía me asombran más estas que los incas hicieron aquí, escalonando terrazas en las paredes de la montaña y tallando el abismo. No los marea la altura ni los fatigan los caminos verticales. Mascando su selva verde pueden subir y subir con un fardo inmenso a las espaldas, día tras día, y seguramente sólo ellos serán capaces de llegar a esa ciudad del cóndor que tienen escondida en los ventisqueros y en la niebla.

»Pero yendo por las ruinas de las ciudades viejas, por las piedras quemadas de Quzco y por las orillas de los ríos, empecé a ver el dibujo de una escalera de tres peldaños que está por todas partes.

»Tú me has dicho que no conoces su sentido, pero Castellanos me enseñó que aquí todas las cosas tienen significado, que lo que parecen dibujos caprichosos son más bien mapas y emblemas. Recordé que Z'bali, una cumanagota que conocí en Santafé, siempre ponía en mi mochila una pluma, un colmillo y un cascabel. Yo al comienzo pensaba que era una de sus brujerías infantiles, que sólo conseguían hacerme reír, pero ella me explicó que la pluma me protegería en las tierras de arriba, en los páramos y en la niebla; el colmillo en las tierras medias, en los guaduales y los bosques solares, y el cascabel en las tierras de abajo, donde están los caimanes y los ríos y donde el calor embota la voluntad. Fue asociando estas cosas como entendí el sentido de los tres peldaños: las tierras de abajo, las tierras del medio y las tierras de arriba.

»Si hay una ciudad de oro en forma de cóndor entre la nieve, y una ciudad de oro en forma de jaguar en las tierras medias, tiene que haber una ciudad de oro con forma de serpiente abajo en las selvas. Ahora estoy convencido de ello. Es la ciudad de Manoa, de la que Castellanos me hablaba en Mompox ante los árboles inmensos llenos de iguanas. Dicen que sólo un hombre blanco la ha visto y ha podido contarlo, Juan Martín de Albújar, que sabía medicina y era rehén de los indios, que lo llevaron allí para que curara a su rey. Escapó en una canoa de noche, derivando por caños y canales de agua, y nunca supo dar razón del rumbo que había seguido.

»Tal vez lo que contaba Castellanos fueran inventos de viajeros, porque habló de palacios, de barcas cuyos remos tenían empuñadura de oro, de estatuas de oro de animales, tan bien hechas como las figuras de las tumbas, pero enormes, adornando los remates de los edificios. Ahora sé qué es lo que protegen las amazonas allá abajo. Por eso no permiten hombres en la región; por eso tienen un reino sólo de mujeres y abundante en riquezas que ningún hombre vivo habrá visto, porque todo aquel a quien le permitan verlo tal vez recibirá primero todo el placer del mundo pero después ha de perder manos y boca para que nunca cuente lo que vio.

»Orellana apenas pudo presentir lo que iban dejando atrás por las orillas del río, los reinos misteriosos que había más allá de las aldeas, y yo siento indicios de ello cuando mencionan los ruidos de los tambores amortiguados por la selva, los adornos de oro de los indios que están cerca de las amazonas, las réplicas en arcilla y en madera que tienen los pueblos del río de los objetos que ellas usan en su ciudad escondida.

»Ahora ya sabes el secreto: hay una ciudad de oro con forma de serpiente en el corazón de la selva, en Tupinamba, en Omagua, en los meandros del río o junto a las lagunas interiores. Una ciudad hermana de las que encontró Hernán Cortés en México, llenas igual de riquezas pero también de espantosos altares de sacrificio, adornadas con cráneos de hombres, un mundo salvaje y terrible que vamos a conquistar para España, para su Majestad el rey Felipe y para la santa Iglesia.

»Por eso los cardenales de Roma estaban tan asombrados con el relato de Cristóbal; las ciudades de mujeres son una leyenda que nadie pudo encontrar; pero aquí todavía se habla de las vírgenes del Sol, tú conoces también esos relatos de doncellas guardadas en las ciudades de piedra. Te hablo de cosas más ocultas, y sólo una expedición como la nuestra puede dar con el país de Omagua, con la ciudad dorada y con el reino de las amazonas.»

Así debió de contárselo Ursúa a Inés, porque así me lo contó a mí en los días previos a su enamoramiento. Y si me atrevo a pensar que mencionó a la india Z'bali, sin contarle muy bien qué relación había tenido con ella, es porque sé que le gustaba darle celos y hacerle sentir la extrañeza de los mundos que había recorrido. Y si me animo a pensar que me mencionó en su relato, es porque más de una vez Inés me dijo que Ursúa le hablaba de mí y de mis aventuras para darles fuerza a sus afirmaciones. En cambio, estoy seguro de que no le mencionó a Teresa de Peñalver, con quien había gustado en la sombra amorosa de las ceibas de Mompox la historia de Manoa, porque sé que Teresa sí habría perturbado a Inés. Teresa existía, estaba en Santafé, y no podía haberse olvidado de Ursúa porque tenía una hija suya.

Él creía haber descubierto la existencia de las tres ciudades, pero fui yo mismo quien le hablé de ellas, aunque sólo tratando de contrariar su obsesión. «Siempre me hablas de nuevo», le dije en Panamá, «como si la Luna te hubiera enloquecido, de esa ciudad de oro que deliras desde niño: un cóndor de oro en la nieve, un jaguar de oro en los valles, o una serpiente de oro abajo, en la selva». A partir de esa conversación él labró su leyenda, olvidó que yo se lo había dicho, y sobre todo olvidó que no era más que un reproche a su terquedad y su locura.

Inés escuchaba el tema de la serpiente de oro que iban a capturar con la misma devoción con que le había oído a Ursúa el relato de las guerras que lo llenaron de cicatrices. Se había criado como una princesa española y pertenecía como yo al orden de los conquistadores, pero algo en la penumbra de su casa la inició en otras leyendas de su sangre; algo guardaba del mundo silvestre aunque viviera lejos de la selva y del río.

Por su sangre española, por sus silencios incas y por su condición de mujer rica y lujosa, miraba con recelo la selva. No sabía qué pensar de esas ciudades de mujeres desnudas y crueles, que se apareaban con los prisioneros y después los entregaban al cuchillo y al fuego. Por momentos quería quedarse en la casona de Trujillo, lejos de aquellos mundos perturbadores, pero enseguida imaginaba a Ursúa en el abrazo de la reina de las amazonas, o bajo sus cuchillos, y se atormentaba, y se sentía capaz de tomar la espada y la ballesta, exponer su cuerpo a las batallas y participar en las guerras del río para conservar a su hombre, y con mayor energía quería ir a la expedición, ser del país salvaje la fundadora y la reina.

Tres ciudades

Una verde, una rojiza, una blanca.
Una serpiente, un puma, un cóndor.
La sinuosa, la cautelosa, la leve.
Una de árboles, una de oro, una de hielo.
Una que fluye, una que permanece, una que vuela.
Una llena de pájaros, una llena de llamas, una llena de espíritus.
Una ardiente, una fresca, una fría.
Una viviente, una durmiente, una olvidada.
Una que siente, una que piensa, una que sueña.
Una de viajeros, una de cultivadores, una de sabios.
Una que siempre ha sido, una que ahora es, una que siempre
                                                    [espera.
La casa de la tierra, la terraza del sol, el balcón de la luna.
Una de agua, una de piedra, una de nieve.
La extendida, la fija, la inasible.

19.

SI ALGO NO ADIVINARON ES
QUE EL MAYOR PELIGRO LO LLEVARÍAN
EN SUS PROPIOS BARCOS

Si algo no adivinaron es que el mayor peligro lo llevarían en sus propios barcos. Inés vendió deprisa haciendas y esclavos, conservando la gente que la expedición reclamaba, la servidumbre que su propio cuidado requería, y preparó aquel viaje con la prolijidad necesaria.

Hacía treinta años su sangre había sido despojada del esplendor de un imperio, pero había ingresado en el estilo, más arrogante y exigente, de la casta de los nuevos amos. Yo, que alguna vez pude mirarla con deseo, que siempre la miré con asombro, jamás habría podido mirarla con amor. Si la comparaba con Amaney, podía sentir la diferencia entre una india que lo entregaba todo, hasta su orgullo, sencillamente por devoción amorosa, y una mujer a quien el amor nunca le hizo perder el sentido de la ambición. Su presencia lujosa en los barcos iba a contrastar de mala manera con la tropa brutal que Ursúa estaba enganchando.

Amigos en la corte virreinal advirtieron desde el comienzo que esa mezcla era más peligrosa que el ron con pólvora que preparan en sus barcos los piratas sarmentosos de las Antillas, y alguno de ellos quiso mover a Ursúa a la prudencia.

Había en el Perú un hombre viejo llamado Pedro de Añasco, a quien no se debe confundir con otro Pedro de Añasco, el cruel, que muchos años antes fundó la villa de Timaná en la región de los yalcones, ni con el primo hermano de este, que también se llamaba Pedro de Añasco, y que capturó al jefe de hombres Timanaco, el hijo de la Gaitana, y lo quemó vivo ante los ojos espantados de la madre, por no haber acudido pronto a su llamado.

Todo el mundo recuerda en las fuentes del Yuma, que hoy llamamos el río de la Magdalena, cómo aquel conquistador hizo prisionero a Timanaco, que tenía dieciocho años, y ante los hombres pez y a la vista de la madre lo sometió a tormento, hasta cuando el joven, que era fuerte y amable y estaba destinado a ser rey, quedó convertido en un carbón ensangrentado.

La Gaitana, una mujer valiente y poderosa, recorrió indignada las tierras de los yalcones, desde las lagunas donde nacen los ríos, por el cañón de selvas verticales donde se separan las cordilleras, junto a los abismos donde las caras de piedra miran caer cascadas sucesivas, y por los valles y colinas de ceibas y de chachafrutos, de plantas de chaquiras y selvas de ocobos y de cámbulos, y llamó a gritos a la insurrección. Apoyada por el jefe Pigoanza reunió bajo su mando una tropa de seis mil guerreros indios y se lanzó contra los españoles.

Hay que saber lo que hizo la Gaitana para entender hasta dónde puede llegar el furor de una mujer de estas selvas, porque avanzó con miles de hombres desnudos armados de flechas y lanzas y macanas, y cuando fue repelida por los enemigos, recorrió nuevamente las tierras convocando a timanaes y piramas, a guanacas y paeces, a andaquíes y pijaos, y reunió más de doce mil guerreros para vengar a su hijo y exterminar a los invasores.

Aunque iban en su campaña ritualmente los hombres pez y los hombres venado, los hombres tapir y los hombres pájaro;

y atrás con sus diademas de plumas los hijos de la luz, y caminando entre ellos con conjuros y cuencos, con semillas y cascabeles los sacerdotes del jaguar, con amenazantes collares de colmillos, cubiertos de pieles amarillas llenas de manchas, y los sobrinos del colibrí y los nietos del viento, y coros de hijas de la trucha que acompañaban al ejército cantando maldiciones y trayendo el casabe y los cántaros del sacrificio para cocinar los corazones de los demonios muertos, y cuchillos de piedra labrados con lajas de las cabeceras del río, que conocen el agua de los remolinos y son los únicos que pueden obrar los grandes castigos, obtuvo permiso de los chamanes para que los indios utilizaran cosas de metal arrebatadas a los españoles, y allí por primera vez en las Indias un ejército nativo utilizó contra los españoles muchas espadas de España.

Y la Gaitana comandó aquel ejército en combates feroces hasta encontrar en Timaná al malvado Pedro de Añasco. Todo el mundo sabe que la propia cacica se abrió paso entre las tropas y se apoderó con sus manos del capitán Añasco, y cuando lo tuvo solo y vivo entre los cadáveres de muchos españoles, rodeado por la multitud de indios, le rompió los ojos, hizo que le perforaran la garganta, bajo el mentón, y pasó un lazo que le salía por la boca y lo llevó uncido a su cortejo por todos los pueblos. Con el cuchillo más filoso de los cantiles del río obró esa mujer su venganza, y Añasco el cruel, entumecido y sangrante, fue arrastrado hasta la muerte por todas las tierras que iban a ser el reino del muchacho, para que hasta las piedras y los árboles recordaran el tormento.

En vano Juan de Ampudia, que había nacido en Jerez de la Frontera, que estuvo en Nicaragua con Belalcázar y en Panamá con Balboa y en Cajamarca con Pizarro y con mi padre y con Blas de Atienza, vino después a pacificar a esos pueblos enfurecidos: en una batalla de las grandes murió con el cuello atravesado por una lanza india, y sus hombres le dieron por sepulcro las aguas del río.

La Gaitana no se sintió satisfecha con la venganza que había logrado sobre Pedro de Añasco, y reunió después más de veinte mil indios, y expulsó por años a los conquistadores de sus valles de ceibales y del nudo de montañas de los andaquíes, los que vinieron de la selva, los que hablan las lenguas del río, el tinigua, el kamsá y el cofán, los que saben el secreto del bejuco andaki, que abre los ojos para ver la noche, y que descubre y libera a los que están escondidos en las piedras.

Pero el Pedro de Añasco del Perú era en cambio un hombre tranquilo, gran anfitrión y gran amigo: tenía una hacienda cerca del litoral, y había vivido muchas aventuras de conquista antes de declararse satisfecho y retirarse, a la sombra del poder colonial, a ver cómo se consolidaban estos reinos al avance del comercio y de la guerra. Su ocupación era la plata de las minas, donde cavaban para él muchos hombres, y el intercambio con Sevilla y con Génova, a donde enviaba barcos de su flota. Había contribuido con alguna cantidad para la expedición, pero era sobre todo amigo de Ursúa, y en esa condición intentó intervenir en dos momentos distintos de los preparativos de nuestra aventura.

El propio Ursúa me mostró antes de la partida una carta que le había enviado este Pedro de Añasco, el fiel, tratando de disuadirlo de llevar a doña Inés a la campaña. Con lealtad reposada y claros argumentos, Añasco le dijo que lo que iba a ocurrir no dependía ni de la actitud virtuosa o licenciosa de la dama, ni de la calidad de los soldados, sino de las condiciones mismas de la expedición, y que no sería posible impedir los malos resultados.

Ursúa se sentía por encima de toda circunstancia. Al fin y al cabo, me dijo, él no era un aventurero cualquiera, sino en la propia España un caballero de gran estirpe, y en Navarra los príncipes hacen respetar a sus damas y los criados jamás se atreven a mirarlas siquiera. Ya vería maese Pedro de Añasco que aquellos peligros no existían para él; basta saber mandar para merecer y obtener la obediencia.

Añasco se dijo a su vez que el gobernador a lo mejor acertaba pensando en el común de los soldados españoles, que sabían de salvajismo pero también de moderación, que eran capaces de destruir un mundo pero seguían respetando centenarios códigos de honor. Entonces pensó que tal vez sería más fácil conseguir que Ursúa llevara sólo a los mejores a su aventura, o, para ser más exactos, que dejara de llevar a los peores, de los que conocía bien algunos nombres y algunos antecedentes.

El Perú acababa de pasar por suficientes motines para saber a qué atenerse con respecto a ciertos buscapleitos y malhechores. Le envió a Ursúa una segunda carta, proponiéndole desenganchar a diez de los hombres que llevaba; podrían ser más, pero frenar a esos diez sería lo más prudente. Si aceptaba dejarlos a sus órdenes con algún pretexto, él mismo se encargaría de pagarles un sueldo por varios meses, y la expedición estaría a salvo de sus desórdenes.

También estas olas chocaron con el peñasco. Ursúa fue inconmovible, ya más por terquedad que por confianza. Sintió que si había sido inflexible en el caso de Inés, ahora tenía que hacerle sentir a Añasco que era un capitán seguro de sí mismo, que no temía afrontar las dificultades del viaje y los naturales riesgos de la aventura.

Si de algo se había sentido confiado siempre era de sus subalternos. Sólo una vez había temido, justo en tierra de los panches del Magdalena, que hubiera una espada traidora entre sus filas, pero después todo se resolvió de un modo satisfactorio, porque la espada que mataba a sus hombres estaba en una mano de caoba enemiga. Del adversario podía esperar traiciones y bajezas, tal vez porque el adversario podía esperarlas de él, pero de hombres sujetos a su mando sólo podía esperarse devoción y obediencia. También esta carta la desestimó: ante los peligros anunciados sonrió con todos los dientes, y se abandonó a las tareas febriles de la iniciación del viaje.

El cortejo

Suben los hombres pez y los hombres venado,
suben los hombres tapir y los hombres pájaro,
vienen con sus diademas de plumas los hijos de la luz, y vienen
                              [entre ellos con conjuros y cuencos,
con semillas y cascabeles los sacerdotes del jaguar,
con sus amenazantes collares de colmillos,
pasan cubiertos de pieles amarillas llenas de manchas,
y vienen los sobrinos del colibrí y los nietos del viento, y los coros
                              [de hijas de la trucha,
que siguen a los hombres cantando maldiciones y trayendo el casabe,
y trayendo los cántaros del sacrificio,
para cocer los corazones de los demonios muertos,
vienen con los cuchillos de piedra labrados con lajas de las cabeceras
                              [del río,
cuchillos que conocen el agua de los remolinos
y son los únicos que pueden obrar los grandes castigos.

20.

CUANDO ENCONTRÓ A LA BELLA INÉS
EN SU PALACETE DE TRUJILLO

Cuando encontró a la bella Inés en su palacete de Trujillo, ya Ursúa había perpetrado crueldades, siempre atenuadas por el argumento de la guerra. Había traicionado en plena fiesta de paz a los muzos, pero podía decirse a sí mismo que lo hacía para asegurar la paz del reino; había envenenado en el banquete de la alianza a los cimarrones de Panamá, pero intentaba justificarse argumentando con trampa que los negros rebeldes mantenían al istmo en la zozobra, que mucha gente de bien, laboriosa y respetuosa de Dios, estaba en peligro, que el orden precario de las Indias se veía amenazado por esas rebeliones sacrílegas.

Cada uno de aquellos desafueros iba ablandando su conciencia, lo volvía permisivo consigo mismo, y un día pudo creer que bastaba que los otros no vieran las cosas para que estas perdieran gravedad. Es verdad que la guerra envilece: y los que van a ella arrastrados por la necesidad, defendiendo su honor, pueden terminar convirtiendo en costumbre un ciego instrumento de supervivencia, convirtiendo en oficio lo que sólo podía argumentarse como recurso momentáneo. La traición, el veneno, la trampa, al comienzo son tan sólo instrumentos: ¿en qué momento nos convertimos en instrumentos suyos?

Tengo que volver a decirlo: ya en Panamá, Ursúa se había visto obligado a recurrir a soldados brutales, presidiarios, forajidos acostumbrados al engaño y al crimen: eran la gente disponible y la guerra lo obligó a utilizarlos. Pero eso que en Panamá se le había impuesto, más tarde en el Perú se volvía costumbre. Se dijo claramente que dominar la selva exigía hombres, más que fuertes, brutales; que la situación imponía reclutar varones dispuestos a todo, ojalá sin escrúpulos, y en esa tropa de ochocientos hombres que Ursúa fue enganchando a lo largo de los meses se iba espesando una nata de vicios y de veleidades.

Eran el sumidero de la conquista. Resentidos, infames, hombres necios y crueles, que habían traicionado más de una causa, que acomodaban su conducta a la necesidad o al apetito. Una vistosa galería de canallas se destacaba sobre el horizonte de mediocridad de la soldadesca; alguien que observara desde afuera podía sentir que allí sólo había malvados y serviles; setenta años de crueldades y postergaciones resueltos en una tropa mercenaria casi sin sed de gloria y sin más ambición que la rapiña.

Cortés en los palacios bestiales de Tenochtitlan y Pizarro en la matanza de Cajamarca, Alvarado en las minas antillanas y Valdivia en los litorales violentos, Garay en las plantaciones de Jamaica y Ponce de León en las guerras de Borinquen, Ortal y Sedeño en los barcos perdidos de Trinidad, Heredia en el saqueo de las tumbas de oro y Belalcázar en los violentos despeñaderos de Quito, Ambrosio Alfinger en las decapitaciones del Valle de Upar y Jiménez de Quesada aquí, arriba, en las lapidaciones del Gualí y en la fortaleza calcinada de Santa Águeda, estaban sin embargo sujetos a una ley y sometidos a un mínimo orden.

Ursúa mismo nunca daba un paso sin previa autorización de sus jefes, pero esta conquista laboriosa en crueldad y largamente ejercitada en licencias no podía dejar de engendrar criaturas más membranosas, y esos mismos valientes y obedientes hijos de Dios y siervos del emperador fueron socavando el prestigio divino y la dignidad real. Ya Gonzalo Pizarro y el Demonio de los Andes, en los cadalsos pérfidos de Lima, habían comenzado la edad de las grandes rebeliones.

En las puertas de la selva se comprueba por fin que los garfios de la ley son pequeños y torpes, que los instrumentos del poder resultan inhábiles. Al caudal de los ríos no se responde con decretos y ante las fauces de la gran serpiente no son recursos ni el hierro ni la pólvora. La violencia ha sido el martillo y el cincel de esta conquista, pero se llega a un punto en que ya nada puede la violencia: todo asalto despierta una avalancha, toda herida devuelve una enfermedad, todo crimen inicia una prodigiosa aniquilación, las respuestas de los dioses no se modulan con palabras comunes, y la furia de los humanos acaba por volverse contra sí misma.

Yo lo admiraba tanto, que no esperaba nunca ver a Ursúa cometiendo hoy un robo, mañana un atropello, pasado mañana un crimen, y cuando vi esas cosas comprendí que sus actos eran ya la venganza de la selva, que su propia campaña empezaba a naufragar en la locura, y que otras locuras se desprenderían de aquella.

¿En qué momento una aventura empieza a convertirse en un crimen? ¿En qué momento el héroe se convierte en bandido? ¿De qué manera una cruzada llena de ideales se despeña en una carnicería? En este punto quisiera contar algo que, cuando lo supe, yendo ya por la selva, hizo que comenzara a mirar a Ursúa con menos simpatía.

Me había hecho amigo de uno de los hombres que estuvieron con él en la guerra contra los cimarrones en Panamá, y este, que se llamaba Juan Martín, hombre leal y justo a quien después mató Aguirre con sus propias manos, me contó cómo había sido el castigo a un grupo de negros de Bayano, de los que se habían alzado contra sus amos en Veragua. Una vez vencidos y hechos prisioneros, seis de ellos fueron condenados a la muerte más cruel que uno pueda imaginar. Los llevaron desnudos hasta un poste central del que salían unas cuerdas con collares de acero, pusieron los anillos de metal en sus cuellos, dejaron en sus manos unas varas delgadas, y los conminaron a abandonar el culto que decían profesar a sus perdidos dioses de África, pues uno de aquellos hombres había sido nombrado por los otros sacerdote u obispo de ese culto.

No sólo no aceptaron arrepentirse de su rebelión ni renegar de sus dioses y sus ceremonias, sino que respondieron que estaban ansiosos de morir, y que una vez muertos irían a su tierra de origen y traerían de allá tanta gente y poder que cobrarían cara la crueldad de sus enemigos. Entonces los verdugos soltaron contra ellos un tropel de mastines grandes y hambrientos, adiestrados para atacar seres humanos, y los animales hicieron una horrenda carnicería de los cautivos, que intentaban defenderse con las varas que tenían en sus manos, sin saber que los cristianos se las habían dado a sabiendas de que esa defensa inútil sólo servía para enardecer más a las bestias.

Yo recordé el holocausto que perpetró Gonzalo Pizarro con los indios en la selva, y agradecí otra vez no haber tenido que presenciar un suplicio tan salvaje, porque los cimarrones no podían dejar de defenderse mientras sus carnes eran desgarradas, atrapados de ese modo por el cuello mientras iban siendo devorados en vida. Y tal vez sólo escribo esto para tener dónde confesar que sentí una admiración inmensa por el valor con que aquellos rebeldes fueron capaces de soportar semejante tormento sin desdecirse ni pedir perdón ni clemencia, firmes en esa fe de su tierra perdida, que celebraban en la selva con danzas y cantos en una lengua indescifrable.

Un fermento de antiguas rebeliones, de oscuras injusticias heredadas, parecía hervir en mis venas ante esos relatos, y cuando Juan Martín añadió que a los cimarrones moribundos después del castigo todavía los llevaron a ahorcar en los árboles de la floresta, sentí que no podían ser hombres sino demonios los que eran capaces de infligir castigos tan monstruosos.

No me dijo Martín que hubiera sido Ursúa quien ordenó o ejecutó el tormento, pero harto sabía yo que él era el jefe de aquella campaña, y que ninguna decisión podía haberse tomado sin su consentimiento. Un infierno se hizo en mi alma, porque fue gracias a mi intervención como Ursúa pudo acceder al virrey y convertirse en el pacificador tenebroso. La sangre de aquellos cimarrones venía a cubrirme como una mancha, y si bien esas maldades no estaban en mis intenciones, la conducta de Ursúa empezó a parecerme injustificable. La crueldad con unos pobres esclavos ya vencidos me pareció tan innecesaria como impía. Y pensar que al final de su vida fueron mulatos y negros los que más generosamente intentaron salvarlo…

Años antes yo había conocido en Madrid al padre Vitoria. Lo busqué atraído por su fama, y movido por la gratitud de saber que otro español de la época había podido sentir lo mismo que yo sentí en la campaña de la canela, cuando vi las hierbas rojas, los hocicos manchados y los perros enardecidos por el olor de la sangre. Ya llevaba sobre mi alma la sangre que había vertido mi padre, pero también el malestar, el asco de aquellas tardes en la selva, cuando comprendí que esa rutina de muerte no había sido hecha para mí, y me conmoví cuando el padre Vitoria me dijo que se le había helado la sangre en las venas al enterarse de que los hijos de España habían sido capaces de asesinar en una tarde en Cajamarca aquella corte exquisita de príncipes y de jerarcas de un imperio que todas las referencias le mostraban como un reino de civilidad y de trabajo. Porque, como lo advertirá quien lea con cuidado estas memorias, no hay nada que me haya marcado tanto como aquella tarde atroz y aquel lago de sangre que parecían contemplar las estrellas.

Hasta Ursúa sintió repugnancia ante mi relato de las masacres, y eso me costó más entenderlo. Si había sido tan feroz con los cimarrones, si ya teníamos claras noticias de que había sido extremadamente cruel con los muzos y los tayronas en el Nuevo Reino de Granada, ¿podía creerse en su sinceridad cuando rechazaba esos hechos?

«Para mí la guerra lo autoriza todo», respondió. «La guerra está para enfrentarnos y que gane el mejor, y en medio de una batalla nunca dudé en matar o en utilizar todo recurso para sobrevivir. Pero desprecio al que se aprovecha de la debilidad de los otros. Nunca mataría a alguien desarmado, esa sólo puede ser tarea del verdugo; prefiero entregarle mi espada al adversario aunque yo deba luchar con un bastón de fresno, antes que sentir que no le gané lealmente.» «Pero en toda guerra con indios», le dije, «ellos están en desventaja». «Tal vez por sus recursos, pero son muchos más que nosotros», me contestó. «Y yo siempre he luchado hasta vencerlos, no hasta aniquilarlos. Nadie me acusará de haber disparado cañones contra indios inermes, o de haber aprovechado sus rituales y sus ceremonias para tomarlos a traición.» Y añadió con un tono inquietante: «Nada desprecio tanto como la traición».

Pero he oído hablar del modo como Ursúa derrotó a los muzos en tierras de Boyacá. Se dice que después de haber pactado la alianza, de haberlos halagado con regalos y abrazos para hablar de paz, atrajo a los jefes a unos cercados vecinos, y que allí todos los principales fueron degollados. Yo al co-

mienzo no lo podía creer, porque recordaba aquellas palabras del capitán.

Ahora sé que la guerra hace engañosos a los hombres, que
les hace aceptables cosas que afirmaron no tolerar jamás, y
que esta larga conquista se vive como un estado de acechan-
za permanente, donde cualquier descuido debe ser aprovechado, donde cualquier artimaña resulta un instrumento
providencial, donde nadie logra detenerse a pensar si su ac-
tuación es justa y si su violencia es legítima, porque esos
minutos de vacilación pueden significarle la muerte.

La fuente

Agua con fuego
río secreto
mensaje que se aleja sobre los reinos
savia azul de los árboles del cielo
tambor de selva oculta
enredadera
hormiga de los sueños
cántaro de la noche solitaria
licor de los que vuelan en la sombra
mar lleno de palabras sol de ciegos
madre del parpadeo de las estrellas
joya de los valientes
sangre
sangre.

21.

LAS CINCO GUERRAS QUE HABÍA LIBRADO NUNCA ALTERARON SU PRUDENCIA

Las cinco guerras que había librado nunca alteraron su prudencia, pero lo que no pudo la guerra ahora lo estaba intentando el amor. Faltaba un mes para iniciar el camino cuando corrió el rumor por el campamento de que Ursúa llevaría consigo a doña Inés de Atienza.

El hecho podía preverse, dada la atención que él le prestaba; pero cualquiera en su sano juicio lo habría descartado.

A los riesgos desconocidos del viaje convenía añadir la conocida puntería de los indios, los accidentes del río y las inclemencias del clima, pero también una razón que saltaba a la vista de cualquiera, salvo quizás de un loco enamorado: el peligro de poner una mujer hermosa en medio de una expedición de hombres brutales. Todos se preguntaron si él la obligaba a acompañarlo o si ella no quería dejarlo solo.

Ya habría sido extraño que él la convenciera de invertir en la expedición: más asombroso resultó que fuera de ella la iniciativa. Los hombres siempre están dispuestos a entregar por promesas su sangre y su oro, a invertir caudales macizos en ilusiones y en imperios de humo, pero las mujeres saben ser más cautas en los gastos. Inés era una notable administradora de sus haciendas, y desde antes del matrimonio había acrecentado su propia herencia.

A la hora de vender las propiedades, Ursúa le preguntó cómo había sido repartido el botín del saqueo del Quzco, e Inés le respondió que la parte que le había correspondido a Blas de Atienza era idéntica a la que recibió su compañero Jerónimo Aliaga: 333 marcos de plata buena y 8.888 pesos de oro.

Qué revelación para mí: si eso habían recibido los hombres de Pizarro, esa era la fortuna que mi padre no pudo alcanzar antes de que cayera sobre él el socavón de una mina peruana. Así vine a enterarme de cuánto fue la parte de mi herencia que gastaron los Pizarro en su viaje. «333 marcos de plata buena y 8.888 pesos de oro: es lo que yo invertí sin saberlo en la expedición de Orellana», me repetía, como sintiendo que eso alteraba mi pasado y el sentido de mi viaje. Además, la extraña simetría de esas cifras las hacía más irreales: rodaban en cascada por mis pesadillas nocturnas; voces de la selva me gritaban que en aquel viaje por el río yo no sólo había perdido mi madre y mi juventud, sino también mi futuro, y despertaba sólo para ver que mi vida seguía presa en las rejas de aquel oro fantasma.

Blas de Atienza fue uno de los pocos hombres leales que fueron beneficiados cuando La Gasca pacificó el reino, pero recibió casi al mismo tiempo el oro, la plata y la muerte: tan arbitrario suele ser el destino. La muerte, que trabajaba sin cesar en mi contra, trabajó siempre para Inés: el agua en los pulmones de Blas de Atienza le dio con la orfandad una gran hacienda, y una hacienda más grande le trajo el arcabuz o el puñal que la dejó viuda, cuando Pedro de Arcos, hombre no muy dulce pero amoroso con ella y considerablemente rico, se fue a dormir como un inca en las ollas de la tierra. Todo parecía haber sido hecho para ella. La nutrían las ubres de la montaña, la colmaban los dones del reino, la servían los indios, la envidiaban los blancos, y después la amó Ursúa hasta la extenuación, la miraron con asombro las selvas y la codiciaron los ejércitos.

Pero la vida es como un río que da tumbos en la noche. Yo, que nunca vi el rostro de la riqueza, oigo todavía en las mañanas el canto del mirlo, oigo sonar todavía el viento del verano en las arboledas del valle del Magdalena, junto a las sierras secas que custodian las víboras, y en cambio los enamorados Ursúa e Inés, consentidos de todos los poderes, hace tiempo susurran bajo las raíces y no hay letras latinas sobre sus tumbas.

Todas esas cosas tenían un fin, y el fin era esta historia. Fue necesario que yo saliera de La Española y me metiera con Pizarro en la selva; fue necesario que la primera hazaña del sobrino del marqués de Cañete fuera dar muerte al marido, dejando a doña Inés en la plenitud de su edad, más bella que las aguas que ruedan, más codiciable que la canela en flor, y en posesión de una doble fortuna; fue necesario que Ursúa apareciera, y que los dos ya no pudieran desprenderse, porque así lo exigía el relato.

Y yo soy el que ama la historia que cuenta pero a la vez lamenta que haya ocurrido y lamenta tener que contarla. En verdad, no hay historia memorable que no haya costado mucho dolor humano, pero también es cierto que el dolor es lluvia constante en este mundo, y no siempre deja historias dignas de ser contadas.

Ursúa, incansable cazador de tesoros esquivos, no advirtió que el destino había puesto en sus manos un tesoro verdadero, el jardín terrenal con la diosa en su centro, entre las palmeras. Veía toda esa dicha como un momento apenas de su camino hacia la ciudad prometida, y ella gastó las horas y los besos en convencerlo de que invirtieran sus haciendas en la expedición, y en obligarlo a prometer que la llevaría.

Después de cinco guerras, Ursúa se sentía invencible. Había visto tan cerca las campañas de Heredia por el país de las tumbas de oro y de Belalcázar en el valle del Lili, donde antiguos artífices hicieron en oro finísimo colmenas de abejas y saltamontes perfectos; había visto los errores de Gonzalo Pizarro y las locuras de Hernández Girón; conocía tan bien las providencias de La Gasca y las filigranas de su propio tío; sabía tanto del arte de vencer a los pueblos desnudos con espadas y perros, cañones y lanzas, venenos y traiciones, que acabó por pensar que su destino era el de César. Un reino lo esperaba, y también él llevaría en sus galeras a una reina exótica, y la selva inclinaría sus plumajes ante las barcas felices de su campaña.

Al tiempo que vendía sus haciendas, intentó decirle otra vez en todos los tonos que no podía llevarla: la expedición era un asunto de hombres, los peligros del camino exigían fuerza, resistencia y brutalidad. Los esperaban ciénagas y serpientes, voraces telas de hormigas, ríos con peces carnívoros, suelos con púas, árboles cuyo roce envenena, lluvias malsanas, dardos emponzoñados, cavernas vegetales llenas de embrujos, pájaros que anuncian la muerte, aguas de donde la mano sale sin carne, noches peligrosas como escorpiones.

Pero cuanto más le hablaba a ella de los riesgos más se convencía ella de que no podía dejarlo solo. Él fue suavizando el tono de sus advertencias, y el desvarío creció con los días: ya se veía cruzando la selva con su reina, seguidos de una tropa que los adoraría. Las comarcas caerían ante la magia de aquellos amantes, y es verdad que a mí mismo, más de una vez, antes de que llegara la selva con sus poderosas sorpresas, se me antojaron como reyes de fábula, como Oberón y Titania en los bosques de Bretaña, como César y Cleopatra en las aguas latinas de Suetonio.

La verdad se escondía: Ursúa e Inés no viajarían por bosquecillos silvestres sino por selvas despiadadas, no iban a descender por canales de pórfido sobre barcas como laúdes sino por ríos hambrientos en barcos contrahechos, a la cabeza de una tripulación que ya había saqueado imperios y profanado un mundo.

Donde duermen los rayos

Llanos de hormigas que transmiten mensajes,
colores vegetales que tienen hambre,
ríos con dientes, suelos que emiten púas,
dardos de fiebre, cuevas llenas de embrujos,
pájaros ciegos que relatan la muerte,
días que tienen manchas como jaguares,
estanques quietos donde duermen los rayos,
aguas de donde la mano sale sin carne,
noches como escorpiones
que clavan su aguijón al amanecer.

22.

AHORA PUEDO CONTAR
UNA HISTORIA MÁS TRISTE:
LA HISTORIA DE UN MUCHACHO

Ahora puedo contar una historia más triste: la historia de un muchacho que viajó a las Indias siguiendo a un primo suyo, convencido por él desde el solar nativo de que más allá del mar los estaban esperando la fortuna y la gloria. Le había creído a su joven pariente desde cuando urdía relatos con sus sueños infantiles y transformaba en leyendas sus ocurrencias y las consejas familiares.

Existen esos muchachos que adoran en secreto a sus primos, que beben de sus labios la imaginación que a ellos no les fue concedida, que se dejan arrastrar a las aventuras y a las quimeras por esos parientes cercanos, más soñadores que ellos, más atrevidos, capaces de concebir mundos y de planear hazañas.

Francisco Díaz de Arlés era uno de ellos. Había nacido en Arizcun, como Ursúa; descendía también de esas reinas legendarias de los Pirineos y las tierras de Francia. Era bello y amable como Ursúa, aunque menos llamativo, y podía parecer hecho sólo para formar parte de su cortejo. Se había dejado deslumbrar por los sueños de Indias, por la sed de tesoros, y cuando Ursúa hizo sonar en los solares de Arizcun el cuerno de caza de las grandes conquistas, salió cabalgando con él, y con Balanza, y con Cabañas y los otros, y cruzaron el reino de España, resonante de proezas contra los infieles, tatuado por millares de millares de golpes de herraduras de celtas y de íberos, de godos y de merovingios, de judíos y de moros; jinetes de barbas negras y turbantes dorados y azafranados y granates, de mantos pespunteados de plata. Y después de abandonar ese territorio cegado por los cristos de oro y el fulgor de las cimitarras, había tenido por él la devoción de los ángeles, había compartido sus sueños de conquistar un mundo.

Cuando Ursúa llegó a beber leyendas en los muelles de San Juan, allí estaba Francisco Díaz de Arlés embriagándose con él de grandes visiones, y cuando Ursúa llegó al Perú por primera vez, allí estaba Díaz de Arlés, conversando con él por los callejones, compartiendo la penuria, confortándolo. Y cuando Ursúa fue llamado por su tío Armendáriz a Cartagena, allí estaba Díaz de Arlés entre la tropa de muchachos navarros que entraron con el joven capitán y subieron a la fría Santafé y se beneficiaron de la suerte que lo hizo gobernador a los diecisiete años y que lo lanzó a una cadena de guerras cada vez más crueles y bestiales.

Quizás esos son los protagonistas verdaderos de la historia, que no dejan ni frases brillantes ni actos deslumbrantes sino la certeza de su paciencia, el secreto de su confidencia, unas horas que nadie interrogó, que nadie descifró, pensamientos en la proa de los bajeles que subían por el Magdalena, explicaciones que se dieron a sí mismos acerca del origen de los monstruos de piedra de la región de los panches, el amor por el canto de unos pájaros en una mañana cualquiera, el amor por una muchacha de piel oscura que les dio de repente una paz, una dicha, que no habían soñado que existiera.

Y aunque casi no lo hemos visto, no es menos verdad que Díaz de Arlés estuvo con Ursúa dondequiera que este llegó, y fue su compañero en la guerra de los panches y en la guerra de los chitareros, en la guerra de los muzos y en la guerra de Bonda, a la sombra de las ciudades de piedra del Tayrona. También sobre él obraron los años sus estragos, trazaron las batallas sus cicatrices, pasaron guerras y traiciones oscureciendo el alma.

Y algo más grave debió de pasarle a medida que los años iban gastando el sueño dorado que soñaron juntos en Navarra y que adivinaron juntos en los muelles de Borinquen: la gradual comprensión de que la promesa de las Indias es una realidad para los reyes, un río de oro para los banqueros y los príncipes, una fuente de prosperidad para los capitanes y los grandes burócratas, pero es un espejismo para los pequeños soldados que vienen apenas a alimentar la hidra de la conquista.

Los capitanes caminan sobre los huesos de los soldados, y si bien estos muchachos navarros se miraron siempre en el espejo de Ursúa, compartiendo sus años prósperos y sus años crueles, la verdad es que a medida que se hacía mayor Ursúa se iba volviendo egoísta y ausente, y la fidelidad de sus hombres fue perdiendo lustre a sus ojos, dejó de ser una pasión de adolescencia para volverse una costumbre de sus años adultos, y nadie supo cuándo Díaz de Arlés se descubrió viendo a Ursúa como a un capitán insensible y arrogante que ya no se reconocía en sus primos ni en sus viejos amigos.

Fue entonces cuando ocurrió el asunto de Pedro Ramiro. Ursúa lo había conocido en el sitio donde se preparaba el embarco, y sintió tanta confianza por él desde el primer momento que tomó la decisión de nombrarlo su lugarteniente. El hecho era atrevido, porque otros hombres que estaban con él desde mucho antes esperaban ese cargo, y en estas tierras un cargo de responsabilidad y de importancia podía ser la justificación de una vida entera.

Hay muchos que no consiguen nunca la riqueza que el mundo nuevo prometía, y para ellos el único consuelo es haber alcanzado algún título, ser descubridores de alguna región, gobernadores, jefes de misión, primeros o segundos oficiales a bordo de algún navío. Algo que puedan mostrar un día a sus parientes y a sus vecinos en España, y que a falta de fortuna les dé siquiera el privilegio de ser admirados, de ser envidiados.

Ursúa nombró a Pedro Ramiro su teniente general y, como otras veces pero con más dolor ahora, Díaz de Arlés sintió que su primo volvía a postergarlo. ¿No llegaría nunca su hora? ¿Le tocarían a Ursúa todas las oportunidades y todos los títulos, todas las campañas y toda la suerte, y a sus fieles compañeros sólo la carga de los días difíciles, el desgaste del tiempo que ni se detiene ni perdona? Lo cierto es que Díaz de Arlés entró en conflicto con Pedro Ramiro; Ramiro lo trató con dureza, exigiéndole que reconociera su autoridad y su primado ante el capitán, y en una noche mala las discusiones se volvieron riña, y la riña se volvió rencor.

Ursúa envió un día a su primo y a Diego de Frías, un criado del virrey que había recibido licencia para ir a la campaña, a buscar provisiones en la provincia de Tabolosos, y tuvo la mala idea de ordenar a Pedro Ramiro que los acompañara y dirigiera, por ser buen conocedor de esas regiones.

Ya a la orilla de un río donde estaban cruzando en canoas los soldados, Frías y Díaz de Arlés concibieron la idea maligna de deshacerse de Pedro Ramiro, acusándolo de traición y confiados en que Ursúa le creería a su primo su versión de los hechos. Pero un criado de Ramiro fue testigo del modo como lo apresaron, y sin justificación alguna lo hicieron golpear con garrote y lo decapitaron. Visto aquello, el criado escapó y fue a buscar deprisa a Ursúa para contarle los hechos antes de que los traidores llegaran. Ursúa supo así de manera indudable que una conjura de la que formaba parte su primo Díaz de Arlés se había levantado contra la autoridad de su lugarteniente.

Reaccionó con furia, la sangre golpeó su cerebro, sus ojos se empañaron de rabia, y ya bien enterado de quiénes eran los responsables, y de las falsedades que venían a decirle de Pedro Ramiro, fue a buscarlos por sí mismo, y fingiendo que les creía les dijo con dulzura que entendía la razón de su conducta, y les pidió que fueran a Santa Cruz y allí lo esperaran. Los rumores corrían por la tropa. Alguien le dijo a Ursúa que su falta de autoridad era la causa de que empezaran a ocurrir esos hechos de sangre, y que muy pronto la expedición se haría inmanejable. Esto tal vez agravó su indignación, de modo que cuando los traidores pensaban que Ursúa sería indulgente, el capitán llegó, y sin más preámbulos los condenó a muerte para aleccionar a los demás.

La noticia avanzó por el campamento como un incendio: Ursúa acababa de condenar a muerte a dos soldados de su tropa. Más grave es que condenaba a su propio primo, uno de sus amigos más fieles, que había venido con él a las Indias, que había estado a su lado media vida, el último vestigio que le quedaba de su infancia en las colinas doradas de Arizcun.

Yo mismo me atreví a pedirle que reconsiderara aquella decisión, que si bien podía ser justa por la gravedad de la falta, era un gesto inhumano, y una ruptura con su propio pasado. No quiso escucharme, estaba furioso, estaba ciego, sentía que su primo había cometido la peor de las traiciones, que había deshonrado su sangre en el momento más difícil de la campaña, y debía sentir además que si era blando en esa decisión, no tendría ya autoridad sobre la tropa.

Habría podido obligarlo a regresar a Lima y ponerlo en manos del virrey, quien sabría ser a la vez severo e indulgente, como ya lo había demostrado cuando su propio sobrino dejó viuda a la bella Inés. Pero ordenó que la sentencia se cumpliera ese mismo día, y yo vi el rostro de Francisco Díaz de Arlés cuando supo que su primo del alma había ordenado su muerte sin aceptar siquiera escucharlo.

Comprendió de pronto los negros caminos de la suerte, y sin duda vio como en un espejo su historia tremenda: que se había venido de su tierra siguiendo los pasos del pariente querido, asistiéndolo en las batallas, confortándolo en la adversidad, gastando a su servicio la vida entera, para descubrir en el último instante que sólo había obtenido su propia muerte, que había servido con lealtad y con amor a su propio verdugo. Díaz de Arlés quedó mudo, y sé que cuando le llegó el golpe final algo en él ya había muerto. El largo viaje por tierras desconocidas y guerras extenuantes no tenía como corona un tesoro fantástico sino una muerte infame.

Y si bien ese hecho entre algunos reforzó la autoridad del gobernador, porque lo mostró como un jefe severo y justiciero que no admitía excepciones en el cumplimiento de la ley, no estoy seguro de que eso fuera lo que estaban esperando muchos soldados a orillas de una selva implacable, donde había que ver a los compañeros y a los jefes como los últimos asideros contra lo desconocido, como los aliados de los que se debe esperar ayuda y comprensión. Ursúa hizo justicia en su primo y en sus cómplices y esto causó un primer sinsabor en buena parte de la tropa, porque Ramiro era casi desconocido para todos pero Francisco Díaz era amigo de muchos desde hacía algún tiempo, y se diría que lo veían como un vínculo entre el jefe y la tropa, entre los veteranos de Ursúa y los recién llegados.

Ursúa fingió no haber sufrido por aquella decisión impulsiva, pero cuando las aguas descendieron de nuevo no pudo ignorar que el golpe lo había dado contra sí mismo; que matar a Díaz de Arlés era cortar el último lazo de su sangre, sacrificar en sí mismo lo más precioso que le quedaba: el soplo de una edad de ilusiones, un antiguo refugio de leyenda y de fábula, la colina de voces donde estaba detenida su infancia.

A partir de ese día una sombra cayó sobre su rostro, y ya nunca volvió a ser el Pedro de Ursúa que yo había conocido en las tertulias interminables de Panamá y en los primeros viajes por los litorales peruanos. Yo, que había abandonado también muchas cosas por seguirlo, comprendí que no sabíamos ya en poder de qué fuerzas terribles estábamos cayendo por la selva, y empecé a sospechar que no era Ursúa sino la serpiente enroscada de nuestro destino lo que nos iba arrastrando hacia un confín de locura y desesperación.

Adiós

Se fueron en el barco de la luna
los gritos de los niños.
Se fueron en las alas de la luna
los peces y los pájaros.
Se fueron en las llamas de la luna
las casas que cantaban en las colinas.

23.

MIENTRAS URSÚA VIAJABA RÍO ABAJO PARA INSPECCIONAR LAS EMBARCACIONES

Mientras Ursúa viajaba río abajo para inspeccionar las embarcaciones y preparar la partida, llegó al campamento doña Inés con sus damas. Y el que la recibió en nombre de Ursúa fue el capitán Lorenzo de Salduendo. Le habían dado la noticia desde el día anterior, conocía la fama de Inés en Trujillo, la había visto alguna vez en la misa y había concordado con otros en que era la mayor belleza del reino. Y cuando llegó el emisario diciendo que ella se acercaba, dispuso que se celebrara un torneo de caballeros para recibirla. Era, se dijo, una buena oportunidad de hacer un desfile militar y poner a prueba la disciplina de los soldados. Ya todo el mundo sabía que ella iba a formar parte de la campaña, de modo que la asumieron como a uno de sus jefes, e hicieron el desfile.

Llevaban banderas y pendones con los colores de Castilla, de Aragón, de la Iglesia y del virreinato. Altos sobre las tiendas estaban los pendones de Ursúa. Inés, detrás de un velo que sólo dejaba ver sus ojos, llegó en una cabalgadura especialmente bien aderezada, sus damas venían también a caballo, y con ellas la guardia de soldados que Ursúa había dispuesto para escoltarlas. Los negros carpinteros habían trabajado toda la noche en una suerte de balcón improvisado para que al llegar ellas se instalaran allí, y comenzó el desfile de yelmos con frondosas plumas de avestruz, y cascos con plumas largas de garcetas blancas y negras; cruzaron los escuadrones, dispararon la arcabucería, que sobresaltaba la selva a lo lejos, y al pasar frente a las damas todos se detenían y hacían la venia. Ellas sonreían agradeciendo con los pañuelos, de modo que los soldados se sintieron de pronto lejos de allí, en los torneos lujosos de España, e hicieron lo posible por olvidar a los monos que los miraban desde las ramas, por no vigilar si alguna serpiente se anudaba en el ramaje, por ignorar los graznidos de los pájaros de grandes picos y el grito en mitad del vuelo de las guacamayas azules.

Muchos rumores habían corrido sobre la belleza de Inés y todos estaban impacientes de comprobarla por sí mismos. Ella se pavoneó ante los soldados; atendiendo la súplica de alguno se quitó el rebozo y les dejó ver su rostro bellísimo. Todos nos preguntamos si la misteriosa ausencia de Ursúa estaba prevista, si el gobernador había preferido que los soldados no los vieran juntos en el primer momento, que establecieran una relación de familiaridad con ella antes de acostumbrarse a verlos uno al lado del otro en las vicisitudes de la campaña.

Por unos días no se habló de otra cosa sino de la corte de Inés, de sus tiendas, sus trajes, sus provisiones, su servidumbre. Volvieron los recuerdos, o los rumores, porque no había ya soldados de aquellos tiempos, de la corte de Atahualpa: pues si era verdad que ella era sobrina del inca, decían, aquel lujo no era del todo español, era más bien el lujo de la corte que había sido desmantelada en Cajamarca.

Ahora debo decir que aquel torneo en homenaje a Inés de Atienza le dio por un momento a nuestra expedición un resplandor de historia antigua. Todo parecía sonreírnos, y aunque Ursúa no estuvo presente su espíritu se respiraba en todo: en la gallardía, en el colorido, en ese toque a la vez galante y violento de los cruces de lanzas, del ondear de los pendones, de las trompetas marciales. Pero a veces me digo con extrañeza que quizás lo que le dio su esplendor fue precisamente la ausencia de Ursúa. Aquel momento en que se concentraban las fuerzas para el avance fue el último momento en que el capitán brilló como un triunfador, como hijo mimado de los dioses. Lo que llenaba el aire en aquella ceremonia jactanciosa y brillante, ante la pared negra de la selva insondable, era el espíritu que el gobernador le había insuflado a la expedición: los relatos con que había deslumbrado a los encomenderos, las promesas con que había atraído a los soldados, la energía y la confianza un poco delirante con que me había convencido a mí mismo, y por supuesto el hechizo que había obrado sobre Inés.

Todo convergió de repente, y el poderoso espíritu de Pedro de Ursúa, adelantado de las Indias, triunfador de cinco guerras, el pájaro que renacía de sus cenizas, el hombre más embrujado que conocí jamás por el delirio de riquezas que encendió el Nuevo Mundo, el español que más llegó a creer, pero de un modo ambicioso y rapaz, en las leyendas de los indios, en sus tumbas de oro y en sus caudales más esquivos que el viento, llenó aquella tarde de brillo y de embriaguez a la compañía, y nadie podía presentir que lo que estábamos viviendo no era un amanecer, sino el último destello de luz que arrojan los follajes antes de entregarse a la noche.

Desde cuando llegó al campamento, Inés hizo sentir su poder, y lo administraba con falsa inocencia: fingía no darse cuenta de que todos la miraban, de que todos la deseaban. Supuso que pertenecer al jefe de la expedición la pondría por encima de toda codicia; que podía permitirse libertades y coqueteos, y que todos tenían la obligación de asumirlos como dádivas inmerecidas, ese licor de endrinas con canela que la Providencia añadía a su ración de viaje, pero que tenían que aprender a beber con moderación.

Ursúa iba a imponerles los rudos pero esperados trabajos de la aventura, de la privación y de la guerra; ella, en cambio, venía a imponerles trabajos de los que nadie les había hablado: el deseo seguido de la privación, la tentación moderada por el respeto, una sonrisa complaciente frustrada de repente por la severidad.

Allí estaban pues los soldados y los capitanes, una multitud de rostros relatando cada uno una historia desconocida; navarros afrancesados como Ursúa, vascos recios llenos de secretos en su lengua, judíos y moros camuflados en la nube de los andaluces y los portugueses, extremeños duros y sufridos, nobles castellanos sin fortuna, los hombres mestizos más callados que el resto, las escasas mujeres, los mulatos leales llevando recados, cumpliendo siempre algún encargo, resolviendo algún problema, los negros y los indios; más de ochocientos rostros ocultando o trasluciendo sus almas, y esa zozobra inicial de no adivinar cuáles terminarán siendo nuestros hermanos y cuáles nuestros enemigos, cuáles nacieron para ser hojas del olvido y cuáles para convertirse en parte imborrable de nuestro destino.

Ursúa se alejó por última vez para resolver cuestiones urgentes, y finalmente vino con su tropa escogida de treinta hombres fieles que le había procurado el marqués Ignacio Mendocino.

En mi viaje hacia el campamento yo había recorrido más lleno de inquietudes que de esperanzas el camino que nos separaba de las ciudades incas. Viví otra vez aquella extraña sensación de estarme desprendiendo de todo lo conocido. El cerco calcinado de las piedras de Quzco, la ciudad de mis sueños de niño, las nuevas ciudades de la cordillera con sus palacios españoles, la casona donde los conjurados mataron a Pizarro, la casa fría pero solemne del marqués cerca de los barrancos de Lima, la casa de deleites de Inés de Atienza en Trujillo, donde a la luz de las antorchas en los atabales se tocaban laúdes y se servían manjares; todo representaba para mí el mundo descifrado que estábamos abandonado. Íbamos rumbo al país de la gran serpiente y del árbol de agua, y yo vivía más que otros la extrañeza de la aventura porque a diferencia de ellos no andaba buscando riquezas.

¿Por qué había vuelto? Todavía en el viaje en busca de la canela alguna esperanza acunaba de obtener mi herencia perdida, lo que me había dejado mi padre, lo que Amaney me recomendaba recuperar. Ahora volvía tan despojado de ambiciones, que quizás sólo yo estaba loco entre tanta intención y tanto cálculo. Donde a otros los llevaba la codicia a mí me llevaba apenas la gratitud, y me faltaba poco para comprender que ni siquiera el objeto de esa gratitud se daba cuenta de lo que yo le estaba entregando.

Digamos entonces que me abandoné a mi destino con la docilidad con que la canoa se entrega a la corriente. Ya no era más que un pájaro que no se pregunta por qué vuela sino que sigue el impulso de sus alas, un mudo pez sin párpados que se deja llevar por el río.

Caminos

Ahora los árboles salen de viaje,
las hojas descompuestas se vuelven caminos,
entre ramajes negros el día forma estrellas.
Ahora una aguja de sol se clava en el hombro del día,
y las arañas tejen el relato.
Ya vendrán los bejucos a explicarnos la noche.
La selva es el jaguar, las hojas son sus manchas,
la luz oculta garras,
el musgo siente el peso de la sombra.
La selva siente ahora llegar a los viajeros.
Vinieron hace orillas y mundos, y regresan.
Noche arriba,
verde adentro,
tantos ríos después,
tantos miedos más tarde,
cielo abajo,
tiempo en torno,
hacia el día.

24.

LLEGÓ POR FIN EL DÍA EN QUE LA COMPAÑÍA ESTUVO LISTA Y COMPLETA EN EL CAMPAMENTO

Llegó por fin el día en que la compañía estuvo lista y completa en el campamento para dar comienzo a la aventura, y allí empezaron a advertirse los problemas debidos a la tardanza en emprender el viaje.

¿De qué servía que Ursúa en distintos momentos hubiera conseguido grandes sumas, si lo que iba recaudando se gastaba casi al mismo ritmo, no sólo en armas, arcabuces, perros y ballestas, pólvora y plomo, salitre y azufre, lo mismo que en herramientas, clavazón para las maderas y breas para calafatear las embarcaciones, sino en vituallas para los acampados, en pescado, en cerdos y en aves? Muchos de esos recursos se fueron consumiendo con los meses, y aquí hay que tener siempre en cuenta las plagas y el clima.

El sol y la humedad penetran las maderas, la chinche roe los cascos, los caballos enferman, los cerdos se consumen en la cena continua, los perros necesitan alimento, sin añadir que la pólvora se humedece, los hierros se oxidan, y mantener depósitos limpios y secos es trabajo exigente.

Todavía recuerdo esos primeros días de impaciencia y de confusión. Resultó que de los once navíos grandes y pequeños que Ursúa había encargado, y que estuvieron quietos largo tiempo esperando su llegada, una vez puestos a prueba seis hicieron agua porque la humedad y el clima los habían carcomido. Ursúa quedó atónito al ver que unos barcos, que no habían sido utilizados, ya estaban deshechos y podridos.

«No es posible», dijo con furia, «un bergantín no puede desbaratarse en tres meses ni en seis ni en un año, y menos si ni siquiera ha comenzado la navegación». «Tal vez las maderas no estaban maduras», le respondieron, «o acaso el armado no fue bastante riguroso.» Una voz cavernosa en el tumulto alcanzó a decir: «Es que cuando los jefes no ejercen un control permanente, ni los oficiales ni la tropa saben exigir todo lo debido». Y el propio oficial Corso declaró: «Es claro que no estamos en los astilleros de Barcelona ni en el puerto de Cádiz, donde el clima es favorable y la responsabilidad de los oficiales es indiscutible. Aquí todo era improvisado: no puede esperarse que las cosas salgan igual».

Se había reclutado a trescientos guerreros principales, además de los negros y mulatos, que eran unos treinta, y de los indios, que eran más de quinientos. Ursúa, en uno de sus arranques de entusiasmo, había gastado una parte de los recursos comprando una partida de ciento ochenta caballos recién traídos de las cuadras de las Antillas. Fue insensible a mi noticia de que los caballos no habían podido avanzar por la selva en el primer viaje: para nosotros, el único camino razonable había sido el río. «Porque iban en fuga», dijo él, «pero ahora nuestra intención es penetrar en la selva, dominar a los pueblos, conquistar las ciudades, y eso no podremos hacerlo a pie por la maraña». «Ni a pie ni a caballo, ni con perros ni con espadas, ni con lanzas ni con palabras», le contesté, pero ya no me oyó.

Ante el desastre de los barcos, comenzó la discusión sobre cómo llevar los más de trescientos caballos que había reunido la expedición: sólo quedaban buenos dos bergantines. Ursúa aprobó reforzar lo que había con la construcción de nuevas chatas, barcazas anchas y equilibradas, en cada una de las cuáles se pensó que cabrían de treinta a cuarenta caballos: estaba vista ya la imposibilidad de que fueran los jinetes cabalgando por las orillas enmarañadas de los ríos.

Pronto una compañía exploradora trajo noticias de nuevos inconvenientes. «Leguas abajo del puerto donde se armaron los navíos, el río, muy caudaloso desde el nacimiento, está entorpecido de peñascos y saltos que hacen difícil la navegación.» «Pero si ya sabemos que por allí llegaron las canoas de los brasiles.» «Los indios saben remontar los ríos con destreza en pequeñas embarcaciones, a lo mejor hasta dos bergantines con gente podrán pasar, y el resto puede descender en canoas, pero unas chatas llenas de caballos jamás podrán superar esas gargantas. No hay manera de llevar en ellas un peso grande.»

Cuando por fin Ursúa comprendió lo que estaba pasando, sufrió la segunda gran contrariedad del viaje. Con casi todos los bergantines echados a perder, que más valía de una vez desguazarlos, no había tiempo para iniciar la construcción de otros. Obligado por los hechos, tomó una decisión que dejó inconformes casi a todos: embarcar en la chata más recia sólo veintisiete caballos y dejar doscientos setenta y tres prácticamente abandonados en las montañas, ya que ni siquiera tuvimos tiempo de llevarlos a Lima de regreso para intentar venderlos allí.

Ya se sabe lo que significa un caballo para un soldado: hubo hombres que lloraron al dejar a sus cabalgaduras en el monte, a merced de la selva, y alguien dijo que aquellas bestias eran el primer tributo que la expedición les estaba ofreciendo a los dioses desconocidos. Todavía me parece ver los cuarenta y siete caballos, varios de ellos blancos potros árabes de largas melenas, que llevamos hasta una isla espaciosa y fértil, pensando que podríamos volver un día y rescatarlos. No ignorábamos que morirían, que se arrojarían desesperados a la corriente tratando de alcanzar orillas menos crueles, pero hay momentos en que todas las decisiones son desesperadas.

Y ahora recuerdo que, semanas después, Pascual de Urbina me sorprendió una tarde en la selva recitando en romance los nombres de muchos de esos caballos que habíamos dejado abandonados. He visto a los hombres llorar más por sus caballos que por sus novias ausentes, he visto a alguien morir pronunciando entre efusiones de sangre el nombre de un caballo.

También una jauría de mastines fue liberada a su suerte en la sierra de los Motilones, y todos procuramos olvidar que esos perros que con nosotros eran mansos como palomas y con los indios guerreros eran salvajes como halcones, sueltos en la arboleda sin quien los proveyera de alimento serían víctimas del hambre y de las plagas.

Todos tuvimos que abandonar parte del equipaje, ropas y provisiones, y ahora el gobernador gastaba sus recursos verbales no anunciando como antes tierras vírgenes y cielos nuevos sino justificando las limitaciones del viaje y prometiendo mejores días a cambio de aligerar el peso de la compañía.

El capitán Garci Arce salió primero con cincuenta hombres a explorar las orillas. Después supimos que encontró un pueblo de indios guerreros contra el que tuvo que combatir por tres días, y que allí murieron de flecha los primeros hombres de la expedición. También con el encargo de explorar ciertas islas, a comienzos de julio de aquel año de 1560 salió don Joan de Vargas, amigo personal de Ursúa y uno de sus hombres de mayor confianza, a la cabeza de otros cien soldados. Ambos capitanes tuvieron que adelantarse y esperar, lejos uno de otro, unas semanas más, porque cuando Ursúa estaba listo para partir, uno de los subalternos de Pedro Ramiro, Juan de Montoya, se negó enfurecido a participar del viaje, alegando que por la muerte de su jefe se les debía una recompensa, y que ninguno de sus hombres se movería de la región de los Motilones.

Ursúa contaba con esos soldados, que eran más de cien, y para forzarlos a cumplir su compromiso, y quizás también para evitar la desbandada de todos los demás, tomó prisionero a Montoya. Ahora muchos se quejaban del embarque, nadie podía traer ni la mitad de lo que sentía necesario, y yo sentí el contraste entre el fervor con que emprendimos el viaje a la Canela años atrás, y las lamentaciones y molestias continuas que aquí reemplazaban ese entusiasmo.

Sin embargo, la mayoría de los soldados seguían dispuestos a emprender la campaña porque eran grandes las esperanzas que Ursúa había despertado. De modo que la expedición tenía dos caras: una fascinante y mágica, a la sombra de Ursúa y de su dama, una campaña lujosa y potente en la que resonaban las trompetas, ladraban las jaurías, relinchaban los potros más finos, y ellos se preparaban casi como reyes de fábula para descender por aquellos ríos solemnes hacia el corazón de la selva, y otra resentida bajo un aleteo de malos augurios, con soldados brutales mirando con recelo a sus jefes, compañías enteras de jinetes frustrados que tendrían que avanzar a pie por la selva, y oficiales insatisfechos con sus provisiones y llenos de exigencias. Para manejar esa muchedumbre oscilante, Ursúa, que se veía obligado a alternar su espíritu jovial y gallardo con una severidad nueva, empezaba a sentir impaciencia. Cada vez que tenía que atender otra contrariedad, lo invadía una cólera nueva, despachaba los reclamos con más rudeza, resolvía los conflictos con más rigor, sólo tenía deseos de hacer otra cosa.

Yo lo sentí desde temprano: Ursúa había comenzado no viendo a doña Inés, y pronto terminaría por no verla más que a ella. Antes, los dos vivían ufanos de la gentileza que mostraban con todo el mundo, pero las menores atenciones de Inés eran interpretadas de modo tortuoso por los soldados; y los gestos de él, recios y justos, que habrían sido vistos en otras circunstancias como el modo natural de mandar de un jefe militar, recibían interpretaciones aviesas por proceder de un jefe entregado al placer y sujeto a los caprichos de aquella gata en celo.

Nunca olvides el río

Apareces entonces en mis sueños,
pides que no me olvide del río
cuando cuente la historia.
Fue el río quien lo hizo, me dices.
El río sabe lo que necesitas,
el río puede ver en la noche,
te ofrece sus venenos y te ofrece sus frutos,
el agua es blanda pero labra las piedras,
hila la hierba, empuja las montañas,
sabe apagar la muerte en la garganta.

25.

VENÍAN DE TODAS PARTES Y CADA UNO TENÍA UN PASADO

Venían de todas partes y cada uno tenía un pasado. «Yo nunca les pregunto por sus orígenes», me dijo Ursúa en el astillero, «puedo presumir que todos guardan una historia turbia, pero aquí llegan buscando la oportunidad de ser valientes, de ser héroes y de ser ricos». Lo cierto es que casi se veía en sus rostros que no sólo andaban buscando un futuro sino huyendo de recuerdos tortuosos, maquinando la mejor manera de vengarse de su propio pasado.

El gobernador tenía por norma confiar siempre en ellos hasta cuando le dieran motivos para dudar. Ante el desastre de los barcos no dejó de culpar a los oficiales, a los carpinteros y a los calafates, pero esa acusación no era del todo justa porque había que considerar la mala calidad de las maderas, el poder de la humedad, la poca experiencia de todos en el arte de armar navíos en climas malsanos y en condiciones precarias.

El viento traía voces. Yo escuché de paso, sin saber quién lo decía, que ciertos jefes valían menos que uno de los caballos que quedaron en las montañas. Otro repuso: «Ya ves, vinimos a conseguir riquezas y lo primero que hacemos es perder lo poco que traíamos».

Un mes había pasado desde cuando Juan de Vargas salió con treinta hombres en el primer bergantín, y con setenta hombres más, repartidos en canoas y balsas, para recoger todo alimento que ofrecieran las orillas del río, y Ursúa todavía se demoraba resolviendo conflictos, aprovechando el tiempo para construir nuevas balsas y hacer labrar al sol una canoa grande. Por su parte, el otro capitán enviado a explorar, Garci Arce, hizo lo de Orellana: como los primeros días no encontró provisiones, siguió adelante, remó frente a las selvas trescientas leguas, y ya no se detuvo con sus hombres sino hasta llegar a una isla sobre el Marañón.

No es que acampáramos a la orilla de un río: estábamos en una estrella de agua de las montañas. De la sierra bajaban quebradas, arroyos y caudales; se iban uniendo y trenzando bajo los ramajes, y los capitanes enloquecían tratando de saber los nombres de esos arroyos, riachuelos y ríos que se precipitaban de una vertiente y de la otra. El río Cocama, el Bracamoros, el Apurima, el Auanca. Voces de indios nos decían que este tal vez era el Vilcos, que más allá corría el Xauxas. Como una telaraña de aguas frías este río nacía detrás de la región de Chinchacocha, aquel otro nacía en Guanuco, varios cauces surgían de Tamara, muchos otros brotaban de los montes de Paucartambo y de Guacambamba, y en medio de tanta confusión de aguas y de nombres no sabíamos si correspondían a ríos, a sierras o a pueblos indígenas los nombres de Rupurapa, de Porima, de Vancay.

Pero más allá de nuestra ignorancia y de nuestro extravío, qué resplandor de aguas iba descendiendo y juntándose, como sujetas a un mandato consciente, como si alguna voz las condujera, como si manos invisibles forjaran con paciencia desde la altura lo que más adelante se convierte en el relámpago que parte la selva y no cesa de crecer y crecer, que se puebla de pájaros y de tortugas y se llena del brillo de los cielos y de la agitación de las tempestades.

Sólo el 26 de septiembre nos embarcamos por fin bajo el mando del gobernador, con la bella Inés y su corte, y con la mayoría de la armada. Ursúa había tenido que someter primero varios conatos de motines, y llevaba prisioneros a algunos jefes. El bergantín que quedaba iba lleno de tropas y de armas, detrás iban tres chatas fuertes, dos de las cuales llevarían más tarde los caballos escogidos, que en el tramo inicial iban a bajar por la orilla, y en las que pusimos pertrechos y herramientas. En la otra, especialmente trabajada y provista, con un techo bien labrado para protegerse de la lluvia y velos que impidieran el paso de los insectos, irían el gobernador con su mujer y su cuerpo de guardias. En las primeras avanzadas yo formaba parte de esa compañía.

Los tres primeros días, como nos había sido anunciado, fueron de cascadas y remolinos; la navegación fue difícil mientras dejábamos atrás las sierras y derivábamos por caudales más grandes, y así llegamos al punto en que nos alcanzaron los hombres que traían los caballos. Allí los embarcamos, seguros ya de que los rápidos pedregosos habían terminado, y pronto vimos desde lo alto la gran llanura selvática con el espejo de agua serpenteando por ella hacia la verde tiniebla atravesada de raudales de luz. También había, más lejos, bajo el sol, espaciadas y misteriosas cortinas de lluvia. Descendimos entre bandadas estridentes y muy pronto sentimos la vecindad de la llanura, la vegetación se hizo más densa y enmarañada, las sierras encajonadas se ampliaron, aparecieron playas amplias, y yo reviví una de las poderosas experiencias iniciales de mi primera navegación por la selva: la impresión jubilosa, de libertad y casi de extravío, de entrar con todo un río en el lecho de un río más grande, de un río inmenso, con la confusión de troncos, de espumas, de ramajes y de remolinos que se forman en esa confluencia. Y como si fuera una fatídica ley de la selva, exactamente como ocurrió en la expedición anterior cuando llegamos a un río más grande, el bergantín dio un golpe, y un trozo de la quilla saltó en pedazos.

Inés vio el choque del bergantín contra algo, vio la confusión arriba en la cubierta y lanzó un grito, pero Ursúa siguió adelante con las chatas, las balsas, las canoas y el resto de la armada, confiado sin duda en la pericia de los pilotos, y avanzamos en busca de la tropa de Lorenzo de Salduendo, a quien el gobernador había despachado tres días antes, para que preparara el camino y de ser posible acopiara víveres. Dos días después nos alcanzó el bergantín, reparado a medias con leños y con mantas, y que navegaba como un borracho sacudido de pronto por las olas.

Ursúa procuraba tenerme cerca porque para él era importante saber en qué momento, aunque viniéramos ahora desde otra dirección y por otro camino, llegábamos al río de las Amazonas. Recordó que nuestro bergantín se había averiado también al desembocar en un río más grande, y no olvidaba la historia de Orellana, de modo que temió que Juan de Vargas, quien llevaba más de dos meses esperando por nosotros, decidiera seguir adelante y «dejarse llevar por el río».

Escogió a Pedro Galeas, gran remero, fiel soldado, reparador de flechas y de lanzas, y lo envió a avisar a Juan de Vargas que el gobernador ya estaba en camino, y que la armada había llegado al río Marañón. Galeas llegó a la isla donde esperaba don Juan en un momento crucial: parte de la tropa ya se amotinaba, aunque dividida en dos bandos que discutían si seguir adelante con nuevos jefes o devolverse al Perú. Y en ese motín se destacaba ya la voz pendenciera y cavernosa de Lope de Aguirre.

Era posible advertir a los hombres más inconformes. Varios habían sido incluso cómplices de Ursúa en alguna maniobra censurable, como el caso de Juan Alonso de la Bandera, Pero Alonso Casco, Miguel Serrano y Fernando de Guzmán. A estos cuatro, que formaban parte de la primera tropa que acampó junto al astillero, Ursúa les pidió cierto día ser sus ayudantes para obligar al canónigo Pedro Portillo a cumplir el compromiso de prestarle dos mil pesos contra los resultados de la expedición.

Portillo era el vicario de Moyobamba; se decía que había ahorrado una fortuna privándose hasta de las meriendas, y al comienzo se entusiasmó como todo el mundo con las historias del gobernador. Pero finalmente pudo más su espíritu ahorrativo, y después de haberse comprometido con Ursúa, cuando este ya había destinado esos recursos, se arrepintió del trato y se negó a entregárselos. A Ursúa no le importó que fuera clérigo: envió al mulato Pedro de Miranda casi desnudo a medianoche a pedirle a Portillo que fuera de urgencia a la iglesia a confesar a don Juan de Vargas, que estaba herido de dos cuchilladas por una razón que ignoro, y cuando el vicario acudió a hacer esa obra de caridad, los secuaces de Ursúa, Pero Casco, la Bandera, Serrano y Guzmán, se apoderaron de él, en la propia iglesia lo encañonaron con arcabuces, lo intimidaron a la luz de los mecheros, y lo obligaron a firmar una autorización para que a la mañana siguiente un comerciante que tenía en depósito esos dineros se los entregara al gobernador.

Pero Ursúa llevó más lejos su asalto: obligó a Portillo a entregarle todo el resto de su fortuna, que eran tres mil pesos más, y se lo llevó a la fuerza como capellán de la expedición, «porque su reverencia no querría perder los dineros que ha ahorrado toda la vida». La verdad es que nunca los recuperó, y por el camino perdió más que el dinero que le había arrebatado la felonía de Ursúa: a manos del tirano perdió la cabeza tonsurada, y su única salvación consistió en que la muerte lo sorprendiera con el credo en los labios.

No puedo negar que Ursúa se entendía bien con la canalla, y no me extraña que hayan sido esos mismos hombres, que no lo veían ya como un capitán respetable sino como un socio de fechorías, quienes empezaron a murmurar contra él cuando sintieron que el viaje espléndido que les había prometido se iba convirtiendo en una aventura azarosa e incómoda.

Ursúa confió en todos mientras fueron leales, siguió confiando cuando ya crecía el rumor de que algunos le tenían envidia e incluso odio, y siempre se rió de las sospechas de quienes lo buscaban para prevenirlo, así como había desdeñado las recomendaciones del viejo Pedro de Añasco, en esas dos cartas tan leales que hoy más que cartas parecieran oráculos. Por confiar alegremente en sus rufianes descuidó las advertencias, y se negó a entender el sentido de los sueños de la bella Inés, quien le rogó en todos los tonos que se cuidara de la tropa.

Ahora que todos están muertos, también puedo confesar que hubo unos días en que Inés llenó mis pensamientos. Advertí después con rencor que así les había pasado a muchos, que durante la expedición cada uno no sólo se sintió atraído por ella sino que tuvo la convicción de que ella le correspondía. Era una campaña salvaje, donde hombres solos y llenos de energía enfrentábamos cada día el azar y la muerte; no es difícil entender los desórdenes que puede desatar en los cuerpos la cercanía de una mujer, y sobre todo de una mujer como esa. No era, ya lo he dicho, la única mujer en la expedición, pero todos reaccionamos como si lo fuera. Iban con ella sus doncellas mestizas y sus indias; ningún otro soldado llevaba oficialmente mujer, pero había servidoras que ayudaban en los trabajos cotidianos, y alguno de los hombres hasta había conseguido llevar a su hija.

Sabemos que Lorenzo de Salduendo conversó con Inés a su llegada y desde entonces no pudo conciliar el sueño. Lo traicionaba su desvelo por ella, estaba siempre atento a sus solicitudes, nunca disimulaba su interés, y sólo Ursúa parecía no darse cuenta, como si le pareciera natural que su mujer ejerciera sobre los capitanes una especie de fascinación. Quizás estaba seguro de que por mucho que la desearan no se atreverían a cortejarla, o la conciencia de su autoridad lo situaba por encima del albur de sentir celos de sus subordinados.

Poco a poco veía renacer la indiferencia que lo había aletargado en sus descansos de Trujillo, empezaba a sentir extrañeza ante su propia obligación de ser jefe. En las puertas de la selva, con una expedición vacilando en sus manos, fue advirtiendo que el mundo se cerraba a su paso, y sólo halló refugio en las tiendas de su amor embrujado. Se dijo que era bueno que los soldados no sintieran demasiado el peso de su autoridad.

Pero si algo necesitaban los soldados era un jefe, y el abandono gradual de sus deberes tenía que ser vivido como una traición. Todos se habían embarcado seducidos por su elocuencia, deslumbrados por el mundo fascinante que inventaba con sus discursos y sus proclamas, y de repente Ursúa no quería hablar más. La selva, que despertaba tanto su elocuencia cuando estaba lejos, cuando apenas soñaba con ella, lo iba enmudeciendo a medida que se acercaba, y no se parecía en nada a la telaraña de ciudades feroces y de pueblos paganos que había ido tejiendo en sus viajes.

El malestar que despertó entre la tropa se fue volviendo más grande e imprevisible que la selva misma. Fue como el mago que despierta los poderes de la tiniebla y de pronto se distrae, seducido por algún espectáculo del mundo, y se olvida del demonio que acaba de conjurar. Algo estaba utilizando ese recurso para detenerlo; lenta y eficazmente se iba frustrando la esperanza que él mismo había sembrado en esos hombres a los que ahora abandonaba.

Y para que el mal fuera perfecto, el destino había puesto en sus manos un refugio consolador, con toda la apariencia de la felicidad. Volvimos a saber de los gritos de placer de Inés de Atienza, de los que Ursúa me había hablado en Trujillo, porque ahora él no necesitaba contarlo: pasaban mucho tiempo juntos en esa tienda custodiada por esclavos negros; desde las tiendas vecinas se oían a trechos los gritos ansiosos de Inés, sus jadeos y sus blasfemias amorosas en medio de esas cópulas incansables que apartaban a Ursúa de sus deberes, y que descargaban en otros las responsabilidades del mando.

Escucha

Yo podría contarte muchas cosas
el canto de una lengua devorándose un mundo,
martillando el tesoro de los nombres
de árboles que sueñan y pájaros que piensan,
de montañas que saltan como venados,
de ríos como árboles que tienen sus raíces en el cielo.

Pintaría en las cavernas de la selva el chillar de los monos,
nombraría el hocico de las tempestades,
la lluvia sobre el pasto de tantos hombres muertos,
y las voces calladas
de las truchas que oyeron las flautas del incendio,
el tropel de las grandes invasiones
y de cómo se alzaron contra ellas dardos con plumas,
flechas como serpientes,
negras almas de chonta con su rezo,
dientes de tiburón al final de las flechas.

Yo diría en tu oído cómo fueron las guerras,
el choque de los hombres y los perros,
la canción y el embrujo,
los hierros que sembraron en los pechos desnudos
avalanchas y sombras,
y el dios volviendo gritos a la selva y al río.

26.

UNOS DICEN QUE HABÍA NACIDO EN ARAMAYONA, A LA SOMBRA DE LA IGLESIA DE SAN ESTEBAN

Unos dicen que había nacido en Aramayona, a la sombra de la iglesia de San Esteban. Que el principado se llama Anería, que el lugar se llama Gabiria, que la casa era la de Estíbaliz de Aguirre, su padrastro. De su padre ni siquiera él supo nada. Y unos dicen que había nacido en el año diez, cuando Balboa fundó Santa María la Antigua del Darién, y otros que en el año diecinueve, cuando Cortés derribó las efigies de Tenochtitlan. Y dicen que después de una infancia tan dura como la de cualquier vizcaíno pobre de Oñate, se hizo zapatero en Vitoria.

Tal vez ya desde sus primeros tiempos era violento, cruel y sedicioso, pero a lo mejor fue la vida la que lo fue volviendo así. Si se había rebelado contra su padrastro, lo que sí sabemos es que nunca renunció a su nombre. Y Ursúa tenía razón cuando me dijo que muchos de sus soldados venían huyendo de algún pasado turbio: este había violado en Vitoria a una doncella y, atrapado por los alguaciles, fue condenado a la horca y al descuartizamiento. Estaba en una cárcel en el año 33, esperando la muerte, cuando llegaron a España los anuncios de los grandes reinos dorados de ultramar. Con el resplandor de ese oro fabuloso en los ojos, consiguió distraer al carcelero, huyó de la prisión, corrió a

Sevilla, y logró embarcarse a las Indias bajo el mando de Rodrigo Buran.

No sabía que había dejado cerca de su tierra al pequeño Ursúa de seis años jugando con los gansos por el camino de Elizondo, no sabía que había dejado a Juan de Castellanos de once años en Sevilla estudiando oratoria en el estudio de don Miguel de Heredia. Pasó antes de ellos por los muelles de La Española, donde yo esperaba a mi padre y donde recibí en una carta la historia de la muerte de una ciudad; pasó por la isla de Borinquen, donde volaban relatos fantásticos, y me dicen que estuvo en Cartagena con las tropas de Pedro de Heredia, avanzando por llanuras donde los árboles tienen voces de oro, donde los hombres pueden desaparecer en bosques de hierbas gigantes.

Aprendió a domar potros, estuvo en Panamá en el año 35, llegó al Perú en el 36. En la batalla de Salinas lo vieron en el bando de Vaca de Castro, y en el 44 cabalgaba en las tropas del viejo virrey Blanco Núñez de Vela. En Trujillo o en Lima tuvo una hija, y a veces la visitaba en sus viajes por los litorales desiertos. No es difícil que haya conocido a Blas de Atienza en Trujillo, no es difícil que supiera de Inés desde cuando ella era niña.

Tendría treinta años y ya sabía muy bien lo que odiaba: a los jefes, a los ricos, a los carceleros y a los triunfadores. Durante doce años se había adiestrado en no dejarse morir y era persistente en sus rencores. Vio por primera vez a Ursúa en su breve paso por la tierra peruana, y como se enteraba de todo, no pudo ignorar que el muchacho inexperto, hijo de una fortaleza navarra, había sido llamado a más altos destinos. Gonzalo Pizarro y el Demonio de los Andes se habían alzado contra el virrey. Él se afilió al bando real, recogió tropas para su causa, y un día hasta intentó liberar al virrey prisionero. Pero el viejo virrey no tuvo la oportunidad de agradecerle su buena intención, y los hombres de la causa del rey no reconocieron su esfuerzo. Por ayudar al virrey fue herido en el pie derecho, y nadie vino a ofrecerle su apoyo.

Desde entonces se hizo todavía mejor jinete, porque es duro tener un pie inhábil cuando se anda en campañas de conquista. Cada vez se sentía más colérico y un día, para colmo, se quemó seriamente las manos al disparar un arcabuz averiado. Domaba caballos en Trujillo en el año 46, vivía de las pendencias y las intrigas; hacía amigos, pero estos, cuando sabían que era un prófugo de la justicia, le volteaban la espalda.

En esas estaba cuando cruzó la cordillera como un toque de trompeta la noticia de que venía el obispo La Gasca, el justiciero, investido de todo el poder imperial, a someter a los rebeldes y a castigar a los prófugos. Prefirió no tentar al diablo; huyó con Melchor Verdugo a Nicaragua, y sólo en 1551 volvió al Perú, atraído por la leyenda de la plata del Potosí: tal vez en esos socavones estaba la fortuna que perseguía desde hacía casi veinte años.

Desde entonces dedicó su vida a sacar provecho del trabajo ajeno para obtener rápidamente fortuna, pero el juez Francisco Esquivel supo que atormentaba a los indios y lo arrestó. Él le gritó en la cara que siendo un hidalgo español podía tratar a esas bestias como se le antojara, y el juez, ante esa estentórea rebelión, lo condenó a recibir azotes públicos. Desde entonces, Lope de Aguirre tuvo una razón para vivir: vengarse del juez que lo había sometido a aquel escarnio. Esperando que venciera su mandato, persiguió al juez de ciudad en ciudad, de provincia en provincia, se convirtió en su sombra silenciosa y furtiva durante seis años, desde 1553 hasta 1559, y recorrió cojeando a veces y a veces cabalgando el camino de su venganza por más de seis mil kilómetros. Fue tras él hasta Quito, volvió por los desiertos de salitre, por las montañas resecas, por las ciudades del litoral. Acechó, intrigó, rumió su rabia, volvió tras sus huellas por la Ciudad de los Reyes de Lima, donde ya gobernaba el marqués de Cañete, alcanzó al juez en Quzco, y allí lo mató.

Ahora necesitaba esconderse en el infierno, y entonces supo que un capitán gallardo y afortunado, rico y triunfador, estaba armando una expedición a la selva impenetrable, y corrió a engancharse en ella. Ursúa, por supuesto, no le preguntó por su vida ni por su pasado, pero le pareció que aquel hombre contrahecho de gran cabeza, de ojos recelosos, de gestos violentos, de voz cavernosa y de rudo lenguaje sería útil para la expedición.

Seguramente Pedro de Añasco conocía sus antecedentes, porque fue el primero que mencionó en su carta, recomendándole a Ursúa que no lo llevara, ni a él, ni a Juan Alonso de la Banda o de la Bandera, ni a Pérez, ni a Lorenzo de Salduendo, ni a Diego de Torres, ni a Vargas, ni a Miranda, ni a Cristóbal Fernández, ni a Miguel Serrano ni a Antón Llamoso. Este Llamoso había acudido con Aguirre a la entrevista y, en el mismo momento tenebroso, Ursúa los enganchó a los dos. Aguirre le dijo que sólo podría ir a la expedición si podía llevar a su hija, una muchacha de dieciocho años, y Ursúa aceptó porque por aquellos días ya se estaba resolviendo que Inés de Atienza y sus doncellas irían con él a la selva.

Aguirre fue de los primeros que se concentraron en Santa Cruz, porque andaba esquivando la justicia. Sabía que no podía volver al Perú, donde sería ejecutado por la muerte del juez; sabía que no podía volver a España, donde sería descuartizado por un delito antiguo. Entonces empezó a oír las quejas de los soldados que esperaban al gallardo gobernador que no llegaba nunca. Vio cómo fabricaban los bergantines, cómo llovía sobre las selvas, cómo el ocio inventaba pesadillas ante un horizonte de árboles ciegos; oyó de otros prófugos y convictos historias de puñales, de tropeles y de llaves robadas; vio cómo la humedad y la chinche roían los barcos, como crecía la impaciencia en la tropa, cómo la demora parecía el presagio o la advertencia de que el jefe se resistía a emprender el camino.

Después Ursúa llegó y comenzó a ejercer su autoridad sobre una tropa carcomida por la impaciencia. Decidía como siempre, porque estaba acostumbrado a ser jefe, pero era incapaz de advertir que esas decisiones, tomadas con rectitud, consultando sólo los méritos de los hombres, dejaban surcos de odio en las almas de los otros. Y allí estaban las pretensiones de Fernando de Guzmán, un hombre de alta cuna atrapado por las guerras de Indias, que alguna vez dejó escapar la afirmación de que se sentía más digno de gobernar esa campaña, más lleno de decisión y de méritos que Pedro de Ursúa.

Con la llegada de Ursúa y de Inés, pronto empezaron los rumores. Si Ursúa enviaba a una escuadra a explorar, alguien le encontraba un sentido maligno a esa decisión; si decidía llevar a los indios brasiles, había sobre ello comentarios oscuros. Y cuando se escuchó el primer grito de Inés en la noche, hartas cosas se dijeron en aquel campamento.

Lope de Aguirre fue tejiendo su trama. Desde la primera vez que lo vi tuve la impresión de algo no enteramente humano: tenía una fuerza descomunal, era capaz de alzar varias veces su propio peso, se movía con una agilidad asombrosa, combinaba la brusquedad de una bestia de monte con una rapidez mental sorprendente y un lenguaje poderoso y malvado. Le hizo sentir a Fernando de Guzmán que debía hacer valer su sangre y sus títulos: no estaba claro por qué Ursúa era el jefe. Un día, por alguna infracción, Ursúa redujo a prisión a la Bandera: Aguirre se hizo amigo entrañable de la

Bandera desde entonces. Inés había llevado a la expedición un misterioso perro de Trujillo, un viringo, y como esos perros oscuros parecen arder de fiebre, hasta el punto de que los indios utilizan su contacto para curarse del frío en los huesos, Aguirre no dejó de sugerir a los más crédulos que era un perro infernal y que evidentemente Inés era una bruja que tenía dominado al gobernador.

Lo cierto es que mucho antes de que emprendiéramos el camino, Lope de Aguirre ya se movía como un demonio entre las tropas, insinuando aquí algo perverso, arrojando allí algo torcido, poniendo a unos a desconfiar de los otros, y a todos a desconfiar de Ursúa y de la pobre Inés, que según él opinaba, un día favorecía a estos y otro día los traicionaba brindando a aquellos sus favores. Yo no frecuentaba los corrillos de los soldados, pero fui advirtiendo que un clima de murmuración y de peligro crecía por el campamento.

Lo que ocurrió en la canoa

En ese entonces no existía la noche,
había que viajar siempre en la luz.

Él le había dado a cada uno un regalo,
cosas ocultas que no había que mirar.
Pero uno de ellos abrió la bolsa oscura
y brotaron de ella las hormigas.
Cubrieron las manos, los brazos, el cuerpo,
cubrieron los vecinos, la canoa, el agua,
cubrieron todas las paredes del cielo
y así llegó la noche.

Pamurí-maxsé dio a cada uno un cocuyo
y en esa débil claridad avanzaron.
Las hormigas eran más y más a cada instante,
iban llenando todo.
Entonces vino el hombre amarillo
vino el sol con su corona de plumas
y a él no lo cubrían las hormigas.

Con una vara hizo retroceder la mancha oscura
devolvió las hormigas a la bolsa
llenó la bolsa con millones de hormigas.
Pero ya no cabían en ella y se regaron por la selva.

Aunque volvió la luz, desde entonces existe la noche,
pero ninguna noche será tan cerrada,
tan espesa y oscura como la noche de la hormiga.

Llegaron a la roca, la gran roca horadada,
creyendo que habían alcanzado el final de su viaje.
Salieron por un hueco en la punta de la canoa.

Se dispersaron por el mundo antes de tiempo
llevando cada uno su regalo.

El arco y la flecha,
la vara de pescar,
el rallo de yuca,
la cerbatana y el canasto,
la máscara de tela de corteza.

Los hombres escogieron dónde vivir.
En las orillas, en la selva, en las cabeceras de los ríos,
en las nubes, arriba.

27.

POR SU ENORMIDAD, POR SU COLOR
Y POR LA FUERZA DE SU CAUDAL

Por su enormidad, por su color y por la fuerza de su caudal yo empezaba a reconocer el río al que llegamos en mi viaje anterior después de la región de Aparia, pero tuve la sensación de que ahora los indios no querían aparecer. Veíamos las aldeas a la orilla del río, y encontrábamos a veces provisiones suficientes en ellas, pero los indios estaban ausentes, o invisibles, y tampoco hacían sonar los tambores que años atrás eran siempre el presagio de grandes ataques.

Me dije que si la primera vez nos habían asediado en algunos tramos del río fue porque pensaron que veníamos a quedarnos. Quizás ahora esperaban que ocurriera con esta expedición lo que había ocurrido con la primera, que se desvaneciera río abajo y no volviera en mucho tiempo.

Si el bergantín de la tropa había sufrido una avería al salir al gran río, el que llevaba Juan de Vargas prácticamente se deshizo al alcanzar la primera isla donde nos encontramos. Cuando ya estaba haciendo agua, los hombres alcanzaron a remar hasta la playa y a partir de ese momento la navegación se hizo con sólo un bergantín, y con el resto de la tropa en las chatas, las balsas y las canoas. Parábamos cada día a las seis de la tarde en la margen derecha del río para que unos soldados pescaran, otros cocinaran, todos comieran, y muchos aprovecharan el alto para descansar mientras una parte de la tropa vigilaba la selva inexpresiva y las extensas aguas del río.

En una aldea india, sin duda abandonada poco antes por sus pobladores, encontramos más de cien tortugas grandes y muchos huevos. Y fue después de aquello que encontramos por fin a Garci Arce, el que había partido primero con treinta hombres. La experiencia de su viaje había sido de zozobra y de escasez. Los indios le habían dado guerra todos los días desde su llegada al río Marañón y le habían matado algunos hombres. El grupo tuvo que alimentarse sólo de lagartos de agua, que el jefe cazaba con su arcabuz, porque era el mejor arcabucero de la armada.

Un día vino un grupo numeroso de nativos a buscarlos con intenciones pacíficas, pero Garci Arce y sus hombres pensaban que iban a ser víctimas de un asalto enorme, de modo que recibieron a los visitantes en un bohío grande, o maloca algo alejada del río, y cuando los indios pensaban que iban a concertar con ellos algún trato y celebrar alguna alianza, los hombres de la compañía, llenos de miedo, se lanzaron al ataque y, por puro espanto, realizaron una carnicería atroz. Cayeron a espada y a cuchillo sobre los indios desarmados y mataron más de cuarenta antes de que pudieran reaccionar, de modo que los demás indios huyeron, llevando tan alarmadas noticias sobre la reacción de los invasores que por muchas leguas encontramos siempre las aldeas abandonadas a la orilla del río.

Reunida por fin la expedición, nos detuvimos ocho días en la isla de Garci Arce, y allí fueron nombrados teniente general don Juan de Vargas, y alférez general don Fernando de Guzmán, a quien Ursúa consideraba su gran amigo. Pero ya sabemos que Guzmán sentía secreta envidia de los títulos del gobernador y se creía mucho más digno de ser jefe de la campaña, sobre todo desde el momento en que Aguirre comenzó a exaltar las prendas de su linaje y a celebrar sus méritos.

Una de las dos chatas se perdió en la partida siguiente, en la primera región de la selva donde vimos pasar sobre nosotros una bandada de papagayos blancos. Ya no quedaba más que la chata lujosa del gobernador, y todo el resto de la expedición iba en numerosas balsas y canoas, hasta llegar a un poblado llamado Cararí, nombre que desde entonces le dimos a toda la provincia. Alcanzamos a estar allí más de un mes, reforzando el batelaje, y hablando ya de la necesidad de una orilla segura donde construir nuevas naves. Los pocos indios que vimos fueron serviciales y cordiales, pero Ursúa estaba tan afanoso por llegar al país de las Amazonas que ningún poblado lo tentaba.

Nada que anunciara ciudades se dejaba adivinar en las orillas, las poblaciones eran rústicas, sus adornos eran plumas, tintas y semillas, el oro era escaso en sus cuerpos, y las mejores pruebas de su industria eran las canoas esbeltas, las hamacas finamente tejidas, las malocas que dan la cara al sol y a la luna, los cántaros, las lanzas, los dardos y las cerbatanas. Pero el gobernador no estaba interesado en saber para qué servían los cilindros de fibras vegetales trenzadas, las varas puntiagudas y flexibles, el rallo de yuca, los canastos donde los nativos guardan cosas invisibles, ni las máscaras de tela de corteza. Tampoco apreciaba el rumor de los bastones curativos con cascabeles y semillas, ni el rumor de los rezos, ni la música de las flautas, ni la palpitación de los tambores.

A la inmensidad de la selva no parecía corresponder una gran riqueza; los indios sólo hablaban con exaltación como si fuera oro puro del conocimiento de las cosas. «Aquí sólo es riqueza conocer» fue la incomprensible traducción que un indio lengua hizo de las palabras de un rey que tenía collar de colmillos y diadema de plumas azules. Ursúa sonrió con desconfianza, pero sintió nostalgia de las campañas del Nuevo Reino de Granada, donde de cada región salía una multitud llena de pectorales y narigueras, de brazaletes y poporos, de collares de ranas o de pájaros, de cascos o diademas, donde eran muchedumbre los saltamontes, los colmillos, los murciélagos y las abejas de oro.

Pero el gobernador se decía que sin duda también aquí se escondían los tesoros: a lo mejor detrás de cada árbol había un guerrero al acecho, bajo cada pluma una cabeza vigilante, en cada trino un canto de guerra, en cada aullido de mono un mensaje que iba viajando de comarca en comarca, en cada cresta una advertencia, en cada iguana inmóvil un centinela de reinos escondidos, todo dispuesto como una flor de cercos cautelosos protegiendo el secreto.

Fue por esos días cuando procuré hacerme amigo de Inés, para hacer sentir a todos que había personas fieles a Ursúa y a su entorno, y para aprender viejas cosas del reino que ella, hija de los palacios y nieta de las montañas, podía relatar mejor que muchos. Allí, junto a la selva, llegué a conocer por sus palabras la casa de Trujillo como si alguna vez hubiera vivido en ella. A medida que Inés hablaba de sus arcos y sus baños, de jardines y canales de agua, vi cuánto extrañaba ese mundo al que había renunciado por un amor impulsivo. Prácticamente no había salido nunca de esas paredes donde la consentían sus viejas indias, donde la mimaba la servidumbre, y a donde acudieron para amarla su marido y su amante.

Estaba de veras contenta de ir a la aventura con Ursúa y prefería este destino a cualquier otro, pero no podía dejar de sentir el desamparo de la intemperie, el vértigo de las selvas desconocidas y los ríos sin memoria. Un techo de cielos aborrascados y noches con retazos de estrellas no protegían bastante su vida arrojada al azar de las regiones indómitas, y en ese estado de fragilidad y de miedo, tenía ojos para ver muchas cosas que la soberbia de Ursúa no vería jamás.

Montoya, el hombre de Santa Cruz, había sido de los primeros indispuestos con la autoridad de Ursúa. Abiertamente se declaró en rebelión y fue reducido otra vez a cautiverio, lo que sólo consistía en llevar collera por unos días. Todos los hombres hacían robos en las aldeas, y el capitán prohibió esos abusos tratando de poner orden en las relaciones con los pueblos nativos. No quería que fuéramos vistos por la selva como unos maleantes, pero no era capaz de impedir que los atropellos se repitieran en cada contacto.

Alonso de Montoya alborotaba a los otros prisioneros, Juan Alonso de la Bandera no olvidaba su humillación, Fernando de Guzmán alentaba pensamientos secretos, Lorenzo de Salduendo sentía cada día más celos de Ursúa, Miguel Serrano de Cáceres detestaba el desorden de la expedición, Cristóbal Fernández y Diego de Torres se sentían continuamente ofendidos y maltratados, Alonso de Villena era amigo de Portillo, el clérigo, Martín Pérez sentía que había sido engañado y que había dejado el Perú, donde tenía buen porvenir, por enrolarse en una expedición que cada día era más confusa y más desorientada, y había que añadir a todo esto el trabajo persistente de Lope de Aguirre, que hacía crecer la vanidad de uno y el rencor de otro, el resentimiento del tercero y los celos del cuarto, la indignación de este y el desprecio de aquel.

La comida escaseaba y muchos empezaron a sentir que el avance sería suicida. Cualquier cosa parecía preferible a seguir adelante por el río sobre el que desembocaban sin fin nuevos torrentes. Estos torrentes llegaban tan turbios por las dos orillas, que era fácil concluir que estaba comenzando la temporada de las lluvias aguas arriba. Una tarde, en que habíamos acampado en una aldea abandonada, y en que Ursúa e Inés como siempre estaban encerrados en su tienda, se desgajó sobre la selva un temporal tan terrible, que durante horas y horas los miembros de la expedición no conseguíamos vernos los unos a los otros. Los hombres aseguraron la chata y las balsas en la orilla, lograron amarrar casi todas las canoas, y consiguieron protegerse, unos en cabañas indias, otros en tiendas, otros bajo improvisados cobertizos de hojas, pero por un largo rato se pudo sentir que aquello no era una expedición vigorosa y temible sino los despojos de una rara aventura.

Ursúa despertó en los brazos de Inés con la sensación de estar en los últimos confines del mundo; sintió que no había tierra más allá, que en adelante sólo los esperaban la borrasca y la desolación. A partir de ese momento tuvo un resabio de soledad, no quería salir de la tienda, reaccionaba con rudeza a las solicitudes, lo llenaban de impaciencia los reclamos de la soldadesca, cada una de sus funciones como jefe le fastidiaba en algún lugar del cuerpo, provocaba una reacción molesta en sus huesos y en sus músculos. El ejército entero parecía confundirse con su cuerpo y cada cosa lo llenaba de ira o de indiferencia.

La memoria

Mientras me alejaba de las montañas volvió a mí el recuerdo de un dolor de estos hombres: la memoria del rey sacrificado. Yo viví la extrañeza de saber que había todavía, tantos años después, indios vestidos de negro y de blanco por él, y me burlé de los que esperaban su regreso, incas melancólicos creyendo que la sangre vertida en Cajamarca se mezclaría de nuevo con la tierra y haría surgir al rey entre la niebla de las montañas.

Más extraño era aquello si se piensa que sobre la sangre seca crecía ya una ciudad de las nuestras, que había iglesias encendidas como lámparas en las montañas pedregosas, y que el metal de las campanas cantaba al atardecer la alabanza de un mundo muy distinto del que deploran los carrizos fantasmales de la cordillera.

Pero aquí las montañas tienen la forma de un cuerpo dormido, aquí el viento en los abismos suena a veces con la voz de un ausente, aquí las selvas hablan del misterio que hay en cada nervadura y en cada hoja, aquí cada rayo del cielo tiene un reflejo dormido en el fondo de las lagunas.

28.

Y ASÍ LLEGAMOS A LA REGIÓN DE MACHIFARO

Y así llegamos a la región de Machifaro. Una tierra de indios desnudos que se pintan los cuerpos de colores vivos, y sólo llevan collares de semillas rojas y adornos de plumajes. Yo recordaba esta región pero no sabía bien por qué, tenía la sensación de que allí me había ocurrido algo preciso.

Volví a hablar con Inés y sentí que estaba cada vez más preocupada con la situación de Ursúa. Ella temía cosas, soñaba con sangre, con asaltos, con muertes. Me dijo que Ursúa no les hacía caso a sus presentimientos, y que era necesario que estuviera más prevenido. Yo le hablé de otra cosa, llevé de nuevo la conversación hacia otros temas, y ella se tranquilizó hablándome de su padre, Blas de Atienza, del acueducto de Trujillo, de su madre, la coya, que había muerto cuando ella era todavía una niña. Después le prometí que hablaría con Ursúa, aprovechando que estábamos en los últimos días del año y que proyectábamos demorarnos por unos días en aquella región.

Sé que otros habían intentado advertir a Ursúa del peligro que crecía en el campamento, y lo busqué de nuevo para hablar de esos rumores. La última tarde en que nos vimos le dije lo poco que sabía, pues tampoco estaba muy enterado de las conspiraciones que se movían en la sombra. Sólo notaba por todas partes la insatisfacción de la tropa, oía conversaciones que se interrumpían de repente cuando me veían aparecer, corrillos que susurraban a la luz de las fogatas en las que van a morir tantas cosas con alas que despiertan de noche.

Me sorprendió encontrarlo más dispuesto que otras veces a hablar, y hasta creo que sintió alivio de verme, de tener con quién conversar un rato a solas, mientras a lo lejos se oía el rumor de las cuadrillas que se preparaban para partir al amanecer. Los incas que iban en la expedición celebraban aquella noche el Cápac Raymi, la fiesta del renacimiento del Sol, de modo que en el campamento había cantos, y como para nosotros era la noche de Navidad, yo quería recordarle a Ursúa mi amistad, a pesar de su alejamiento, hacerle sentir que había hombres fieles que no lo seguían por el oro o por la esperanza de una gloria ya difícil de imaginar, sino por lealtad o por gratitud, como en mi caso, porque en momentos definitivos él había expuesto su vida por salvarme, y me había asistido cuando no había nadie más que pudiera preocuparse por mí en el peligro o tenderme una mano.

Me contó que otros habían venido a traerle informes de supuestas rebeliones y conspiraciones, a advertirle de raras amenazas, y que la propia Inés en los últimos tiempos estaba agitada y nerviosa: dormía mal, desconfiaba de casi todos los soldados, la despertaban pesadillas horribles. Pero él atribuía esa inquietud a la selva misma: Inés estaba demasiado acostumbrada a los lujos de su casa señorial, a la seguridad de sus paredes de piedra y a la protección de sus criados; estar ahora durmiendo a la orilla de unos ríos inmensos, en la noche de silbos y grillos y gritos de bestias, o del trueno en las nubes a lo lejos, la llenaba de visiones.

Afortunadamente él sabía cómo tranquilizarla. Cuando insistía en su angustia bastaba decirle que él le había advertido que la vida de las expediciones de conquista no es para mujeres débiles y asustadizas; entonces ella se llenaba de valor y le prometía demostrar que sería digna de las dificultades, que no iba a dejarse vencer por el miedo ni por las voces de la selva y del río. Pero no le duraba la seguridad: a la noche siguiente volvía a soñar con sangre y con traiciones.

Así recuerdo las últimas palabras que Ursúa me dijo: «Yo no temo a los hombres. Tengo brazos como ellos y puedo empuñar con igual destreza sus puñales y sus espadas, tengo piernas para perseguir y para escapar, tengo ojos para espiar sus movimientos y para advertir sus avances, tengo una boca que reza y que insulta, y mis insultos pueden estar mejor modulados que los suyos y tener más efecto, por el mando que me da la voluntad del virrey y por la majestad que confiere a las palabras el representar en estas selvas a los poderes grandes del mundo. Tengo una mente que abarca reinos y mares, los linajes y las leyendas, conozco los cuentos de la selva pero también la historia verdadera del Dios que fue suspendido de un árbol para purificar a la sangre de sus maldiciones, y tengo un corazón en el que no obran su influjo los hierros ni los ceños fruncidos, ni los pensamientos malignos ni las palabras amenazantes.

»Recuerdo algunas veces haber tenido miedo, pero no fue de flechas y puñales sino de cosas inexplicables. En el país de las bestias de piedra, porque sentí la presencia de seres que no se parecen a nosotros; en el Catatumbo, ante el relámpago que no se apaga, porque el cielo parecía gobernado por otras fuerzas y había una luz que en vez de claridad parecía traer confusión y presagios; después, ante la Sierra Nevada, porque oí decir que las piedras sienten y escuchan, que los caminos tienen voluntad, que las escaleras envuelven a los visitantes, y que nivel tras nivel hay cosas que piensan, árboles que vigilan, águilas que llevan mensajes sobre los bosques. Y finalmente cuando me atacan furias incontrolables, deseos de abandonarlo todo, porque sé que hay placeres que ablandan la voluntad, deleites que embriagan y acaban por hacer que uno odie lo que ha aceptado la vida entera.

»Esas cosas que no es posible doblegar ni someter, que no se pueden destruir porque no están hechas de carne ni de sangre, que no escuchan órdenes y no atienden súplicas, ni obedecen a la autoridad de los reyes, al orden de los ejércitos ni a las razones de los maestros, son las únicas que me desconciertan. En este mundo hasta el hierro obedece, hasta la piedra se deja moldear, los violentos pueden ser sometidos y el veneno mismo es dócil a las intenciones, pero todo lo que escapa al mandato, a la autoridad y al tormento, pertenece a un reino sombrío de cosas diabólicas y poderes monstruosos.

»Nunca me verás vacilar ante ejércitos de indios, magníficos de lanzas y de flechas, ante el desafío de las montañas o el riesgo de las navegaciones, ni ante la garra ni ante el colmillo, y ni siquiera ante el lomo de la bestia de mil cabezas, que son estos ejércitos a los que sé cómo mandar y proteger. Pero puedo clavarme las uñas en las palmas cuando en las piedras afloran colmillos, cuando el cielo me castiga con un relámpago sin trueno, cuando hasta los caballos sienten que el camino está embrujado, cuando el cuerpo está libre y parece atado, está solo y parece rodeado por miles de sombras. Cuando uno quiere avanzar por un rumbo y los pies marchan en otra dirección, y el que es amo de las cosas visibles resulta esclavo de mil cosas que no pueden verse.

»Mientras los peligros sean visibles y los enemigos sean humanos te juro que sabré cómo enfrentarlos y vencerlos, y no puedo temer a quienes están bajo mi mando, obligados a obedecerme y pagados por mi dinero. Yo sé prevenir rebeliones y castigar desórdenes y someter delitos con el mismo poder con que la luz aclara el mundo. Y todo lo demás está en manos de Dios, que sabe a quién protege y a quién abandona».

Salí del bohío que él ocupaba y me dirigí hacia el lugar donde estaba mi tienda. Me dije que si Ursúa había pronunciado esas palabras, fingiendo tener todo bajo control, era por darse fuerzas a sí mismo, porque la verdad es que estábamos entrando en el reino de todo lo que él admitía temer: las piedras en las que brotan colmillos, los caminos embrujados, las ataduras invisibles y los tropeles de sombras. ¿Por qué insistía en avanzar hacia el país de las amazonas, si en su imaginación estaba lleno de embrujos y de poderes monstruosos? ¿Qué goce inquietante extraía de desafiar lo que lo perturbaba, de avanzar hacia aquello que hacía aflorar un sudor frío bajo su armadura?

Era casi la medianoche y había algunos hombres todavía junto a las fogatas. Después supe que fue a esa hora cuando el viejo comendador Juan Núñez de Guevara, gran amigo de Ursúa, vio pasar un bulto oscuro por detrás del lugar donde estaba el gobernador, y que yo había abandonado un rato antes, y le oyó exclamar a aquella sombra: «Pedro de Ursúa, gobernador de Eldorado y Omagua, ¡Dios te perdone!». En el campamento se supo después que el comendador siguió a la sombra tratando de saber quién era, pero que un instante después, ante sus ojos, el bulto se desvaneció como si fuera una forma de humo o de niebla.

Aquella noche no me enteré de ello, pero sí me pasó algo digno de mención. Volviendo a mi lugar, recordé al fin por qué la región de Machifaro tenía un sentido para mí: era el sitio donde veinte años atrás había visto una canoa de niños indios que navegó tras nuestro bergantín, niños que llevaban monos y guacamayas, y una serpiente mansa que jugaban a soltar en el agua.

Mientras navegas

Dibujarás el canto de los pájaros,
descifrarás la lluvia,
padre del agua, nieto de la ardilla.
Vienes de masticar frutos sagrados,
bebes el zumo, oyes la flauta al fondo del estanque.

Zarpazo rojo de las barcas vivientes,
por ti mueve la luna su plumaje,
alas mueven el aire,
y hay una larga hora sin colores,
y hay una piedra triste.

Osatura flexible de la selva
cuando saltan los árboles,
cuando se quema el arco iris,
cuando se escucha el trueno del venado,
eres el polvo de oro que nos cubre,
piel viva del jaguar forrando el mundo.

29.

EN UNA ÉPOCA, EL ÚNICO QUE ENTRABA EN LA TIENDA DE URSÚA SIN ANUNCIARSE

En una época, el único que entraba en la tienda de Ursúa sin anunciarse era su primo Francisco Díaz de Arlés. El gobernador pudo creer, en la confusión del despertar, que su primo venía a verlo, pero eso, ay, no era posible. Ahora nadie estaba autorizado para entrar en la estancia. Al apartar el mosquitero con la intención de ver bien al visitante, advirtió que otros venían tras él. Tal vez venían a despedirse: esa madrugada del primero de enero las partidas habían previsto marchar en distintas direcciones. Ursúa no estaba presentable para atender visitas ni de humor para atender parlamentos, pero a la débil luz del amanecer intentó un saludo de extrañeza.

«Señores», dijo, «¿a qué debo esta visita tan temprana?». Nadie le respondió; en el tenso silencio, Ursúa vio aparecer uno tras otro los rostros de Serrano y de Salduendo, de Fernando de Guzmán y de la Bandera, de Torres, de Vargas, de Llamoso y de Aguirre, y tuvo el sobresalto de algo más serio. Se volvió a buscar a Inés para pedirle que le alcanzara sus ropas, pero era justamente la hora en que Inés bajaba al río con sus criadas.

Cuando comprendió que no eran las ropas lo que tenía que buscar, sino la espada, ya entre él y sus armas estaban los otros, armados. Lo imposible estaba ocurriendo. Lo imposible, lo inconcebible, lo abominable, el azufre del diablo, impregnaba ya todas las cosas. Saltó de la cama con la agilidad de un gato, no halló un discurso ni a quién cautivar con él, ni un grito de majestad que pudiera detenerlos: reaccionó como un muchacho acorralado, y sus labios sólo encontraron en el vacío el credo en latín como lo recitaban en Arizcun cuando las flechas herían las murallas. Entonces su amigo la Bandera le dio la primera estocada en el centro del pecho. Ursúa intentó defenderse, alcanzar, desnudo, sus armas. Cuando casi enseguida entró Inés, ya Salduendo y Guzmán, Aguirre y Llamoso, Serrano y Vargas habían atravesado al gobernador con sus hierros, tres hombres más se disponían a hacerlo, y Ursúa se debatía sangrando, sostenido en pie menos por su fuerza que por las contrarias espadas que lo acribillaban.

Los conjurados eran más de diez, pero los diez que decidieron entrar a matarlo habían jurado la noche anterior que todos le clavarían sus espadas, para que ninguno pudiera después arrepentirse y culpar a los otros. Había espadas cortas, largas, aguzadas como floretes, filosas como alfanjes. Todas se habían probado ya en vientres indios, en espaldas, en brazos y en cuellos, todas habían sido hechas para matar.

La habitación estaba llena de gritos, y por la cantidad de cuerpos y de armas se diría que había un combate, pero toda aquella ferocidad llovía sobre un solo cuerpo, al que, además de herir, los asesinos maldecían. Lo llamaban tirano, despiadado y traidor. Inés, con los ojos despavoridos, miraba la escena y no lograba dar un paso hacia el herido, de quien ya se retiraban, goteando sangre, las espadas. Ninguno de los asesinos enfundó la suya, sino que salieron ostentando las hojas sangrientas, como si exhibirlas los absolviera de su culpa y le diera un sentido al crimen.

Cuando Inés se abalanzó sobre el cuerpo ya Ursúa agonizaba. Pálida y aterrada lo besó en la boca, lo abrazó tratando de gritar pero apenas salía de sus labios un hilo de voz, un estertor. Los aceros habían atravesado el cuerpo en todas direcciones: con odio, con envidia, con resentimiento, con desesperación, con celos, con codicia, con indignación, con orgullo herido, con ambición, con maldad. Por un momento, me dijo Pedrarias de Almesto, que llegó enseguida o ya estaba presente, el cuerpo pareció un toro de sacrificio, atravesado de hierros. La sangre era un charco bajo el abrazo, y alrededor los gritos de los asesinos crecían: lanzaban vociferaciones, con las espadas en alto como si actuaran en una plaza pública y estuvieran llamando al motín.

Entonces se oyó el graznido de Aguirre, diciendo que había que matar también a Inés. «Esa bruja», decía, «ha sido la causa de muchos males». La arrancaron a su abrazo de sangre, y cuando alguien se disponía a degollarla, un hombre recio y decidido se interpuso, con la espada sangrante todavía en una mano y un puñal en la otra. Era Lorenzo de Salduendo, que no había matado a Ursúa por ambición ni por resentimiento sino por ella, porque imaginar siempre a Inés en los brazos de Ursúa le había quitado el sueño y la tranquilidad, y ahora estaba dispuesto a hacerse matar de sus socios sólo por salvarla. En ese momento las voces gritaron que por el camino venía don Joan de Vargas, teniente general del gobernador, y la furia asesina cambió de rumbo.

La situación de Inés era desesperada: además del horror por la muerte de Ursúa, tenía que sentir gratitud por el hombre que le salvaba la vida, aunque ese salvador fuera uno de los asesinos. Salduendo la amparó oponiendo su pecho a los hierros, después la puso en manos de sus doncellas, le juró que no la tocaría, le prometió cuidarla, lloró con las manos rojas por la muerte del gobernador, puso a las puertas de la tienda de ella una partida de criados fieles.

Todo ocurrió al amanecer, pero para mí sería siempre el recuerdo de una noche de espadas. Ya los demás conspiradores despertaban al campamento. Daban gritos de libertad, gritaban «¡Viva el rey!» para atraer a los desconcertados y a los indecisos, los felicitaban por la gracia obtenida, los llamaban hombres libres y soldados afortunados. Habían sido vengados, estaban libres del tirano cruel, del traidor, de la fuente de todas sus desgracias. Claro que no iban a maltratar a los que hicieran duelo por Ursúa, iban a demostrar a todos que esta muerte era el fin de todos los males.

Yo había presentido esto, pero me costaba creer que estuviera pasando. Corrí a la tienda cuando la noticia se extendió por el campamento, y encontré el cadáver de Ursúa todavía en el suelo, desnudo, lleno de heridas cárdenas, y más desamparado que un pájaro. En ese cuerpo macerado que borraban las lágrimas pude ver mi propio fracaso, la noche que caía sobre mis pensamientos, la locura de mi destino siempre perdido en una guerra ajena, y también supe que Ursúa había afilado noche y día las espadas de aquel amanecer.

Dónde estaban ya la belleza y la elocuencia, la energía y el valor, la risa y la audacia, el lenguaje hechizando las almas, la historia a borbotones, la ambición que se iba convirtiendo en relatos, la humareda de sueños que brotó de esa hoguera. Como ocurre con toda muerte que nos hiere el alma, sentí que se había acabado el mundo. Pasaban por mi mente todas las cosas que supe de Ursúa, todo lo que he contado en este largo relato, y su reliquia profanada y deshecha me enseñó más de su destino que todas sus palabras.

Él sabía bien que cada espada cuenta una historia. Él amaba las espadas desde niño, desde cuando vio un sable antiguo erigido en objeto de culto en su vieja casa de Arizcun, el instrumento con que Hugo de Aux, su trasabuelo, había cercenado muchas cabezas de moros, que el niño imaginaba de piel oscura y labios rojos y grandes ojeras y barbas cerradas como sombras.

Es verdad que los asesinos tenían un pacto, pero yo creo que si todos hundieron sus espadas en el cuerpo de Ursúa es porque cada uno de los verdugos tenía una razón particular para matarlo. En el corazón de la selva, y creyéndose a las puertas de su reino soñado, aquel señor de cinco guerras había sido asesinado diez veces. Uno quería su cargo, otro a su mujer, otro los beneficios de la expedición, otro sus títulos, otro venganza, otro justicia; y a partir de aquel momento empezaron a repartirse todo lo que parecía ser suyo. No sólo se declararon salvadores de la expedición, liberadores, redentores y justicieros: asumieron el mando, la administración de los recursos, la decisión del rumbo.

Pero desde el comienzo Aguirre era el impulso secreto de esa rebelión, y con mayor astucia fingía no serlo. Lo primero que hizo fue persuadir a todos de que Fernando de Guzmán fuera nombrado, no gobernador ni jefe de la expedición como podría esperarse, sino príncipe, y Guzmán aceptó con docilidad esa farsa. Aguirre le había hablado sin fin de su prosapia y sus merecimientos, y pronto lo hizo rey, pero en este mundo ningún rey ha gobernado un reino más incierto y más evanescente. El contrahecho Aguirre fingía obedecerlo, doblaba la rodilla ante él, aceptaba ser contrariado cuando Guzmán rechazaba alguna ejecución, algún hecho maligno, pero todo era un baile de máscaras.

Entonces supimos cómo se habían movido las sombras por el campamento la noche anterior. Uno de los criados de Alonso de la Bandera, un negro llamado Juan, había oído en la sombra la conspiración, y como sentía gratitud por Ursúa, por algún gesto que el gobernador había tenido con él, fue hasta la tienda donde estaba encerrado con Inés y esperó largo rato para advertirlo. Iba y volvía, nervioso y desesperado. Pero viendo que Ursúa no salía nunca, y temeroso de que su amo se diera cuenta de lo que hacía, tomó la decisión, que casi le cuesta la vida, de dejarle a Ursúa la advertencia con su criado Hernando, que vigilaba la tienda. Por una fatalidad misteriosa este olvidó decírselo, o ya sabía que Ursúa no hacía caso a rumores y no le dijo nada. Lo cierto es que esa tarde, por congraciarse con los nuevos amos, Hernando les contó que el negro Juan había venido a delatarlos, y el criado leal sólo se salvó de la muerte por ser uno de los carpinteros indispensables para la construcción de nuevos bergantines. Ante la selva muda y ante la tropa cómplice le dieron a la lealtad quinientos azotes.

Al día siguiente el entierro de Ursúa en la selva, a la orilla del río, en la región embrujada de Machifaro, con Inés sollozando entre el abrazo de las mujeres, huérfana y viuda otra vez pero ahora despojada de riqueza y haciendas, un eclipse de luna por estanques de fiebre, fue el desfile más triste. No hubo féretro ni honor ni ceremonia. Bajo rezos susurrados su cuerpo entró en la selva para volverse musgo y agua, y el alma no encontró ángeles entre los árboles gigantes sino alas de guacamayas, silbos de pájaros.

Y no habían pasado muchos días cuando Inés comenzó a vivir con Salduendo. Se sabía en peligro y comprendió que sólo él tenía influjo suficiente sobre los conjurados para impedir su muerte, pero en medio de los combates del amor le clavaba con ira las uñas en el pecho y la espalda. Dicen que se puede amar y odiar a la vez, pero no debía de ser fácil para ella separar la gratitud por su salvador del odio por su verdugo. Y por fortuna Ursúa nunca supo que una de aquellas espadas físicamente le había arrebatado su amor.

No permanecimos mucho más en aquella región agobiante. Al retomar la marcha, si bien muchos fingían creer que íbamos todavía a la conquista de un reino fabuloso, las caras revelaban que íbamos más bien hacia la parte más horrible del viaje.

Yo había perdido algo irreparable. Preferí no mirar el rostro de Inés a la hora de la partida, privada ya de la barca lujosa en que había viajado hasta entonces, convertida de pronto en una mujer más de una campaña sin rumbo, como tanto se le había advertido, perdida entre el tumulto de una balsa por un río violento.

Y qué podía reprocharle yo a esa mujer que por amor había perdido todo, tal vez más bella aún en su desdicha, ya totalmente desvalida y ajena. Nadie podía exigirle que muriera por su amigo, que bajara con él a una tumba sin nombre. Pero ecos de una vieja canción oída en algún lugar de las montañas venían a mi mente.

El eco

Mírame ahora encerrada en tinieblas aunque parezca
[haber luz en las cosas.
Mírame ya perdida porque no tengo tus manos sobre
[mis hombros.
Mírame ya besando con amor a uno de tus verdugos.

30.

LO QUE PASÓ DESPUÉS TAMBIÉN QUISE
BORRARLO DE MI MEMORIA

Lo que pasó después también quise borrarlo de mi memoria. El príncipe Fernando de Guzmán no conservó muchos días su reino fantasma. Cuando se hartó de él, Aguirre lo hizo ejecutar sin pretextos. Con cada amanecer, la sospecha de una nueva traición se le volvió costumbre y nos acostumbramos a esperar cuándo caía sobre quién la sentencia.

¿Cuánto tiempo pasó antes de que Salduendo recibiera su parte? No podría decirlo. Pero cuando Lorenzo de Salduendo perdió el favor de Aguirre, el déspota lleno de espadas y cuchillos, que controlaba por el terror los campamentos, siempre rodeado por su guardia siniestra y con Antón Llamoso convertido en su sombra, la suerte de la hermosa Inés estaba decidida.

Alguien debió de llevarle la noticia de que Salduendo había sido ejecutado, y lo único que ella acertó a hacer fue más loco que clavarse un puñal en el pecho: salir con sus doncellas en fuga por las selvas espesas. El tirano pudo dejarla abandonada a merced de la noche de la hormiga, pero prefirió saciar su maldad y cobrarse la última pieza del tesoro de Ursúa. Ordenó al horrendo Llamoso perseguirla y aquella fuga inútil por la selva, de la que los otros miembros de la expedición, que andábamos fuera del círculo de los conjurados y de sus esbirros, nos enteramos tarde, fue el crimen más malvado e inútil de una historia ya demasiado inútil y malvada.

Como un perro de caza, el verdugo dejó que las liebres corrieran un buen rato antes de emprender la persecución. Sabía que la fatiga les llegaría pronto, sabía que lo más probable es que ellas dieran vueltas en redondo creyendo que huían, porque escapar en línea recta era imposible. Quería darse el lujo de buscarlas, de crearles el terror de estar perdidas, de estar acorraladas, y de irse acercando. Al final la sangre de ella tiñó los musgos y alimentó los árboles, y fue así como ni Ursúa ni Inés pudieron alcanzar el reino de las amazonas, ni pisaron las puertas de la ciudad de oro que habían soñado, y dejaron esperando en el corazón de la selva los cuchillos de piedra de las mujeres guerreras y los altares de la ciudad de la serpiente. Pero lo que la ciudad había presentido se cumplió, cada uno de ellos quedó solo en la región de Machifaro, y sobre su amor grande crecieron grandes árboles y volaron los pájaros.

Nosotros la encontramos después sobre el suelo de hojas descompuestas y entre el cerco de árboles silenciosos, vimos su palidez y su resignación a la muerte. Yo vi en su rostro que no sabría cómo encontrarse con Ursúa en la noche del musgo, después de haberse aferrado a su asesino, pero sé que el amor resuelve de otro modo las cosas, y que en la soledad de la muerte los amantes que estuvieron juntos siquiera un instante sabrán acompañarse para siempre.

La noticia de la muerte de Ursúa tardó mucho tiempo en llegar a la casa de Arizcun, donde ya Tristán su padre se le había anticipado, donde en vano el solar de los mayores se había convertido en su herencia, y donde Leonor Díaz de Armendáriz, que conservaba como talismanes pequeñas reliquias de la infancia de su hijo, unas ovejas de tela y un diminuto carro de madera, se había ido acostumbrando a la ausencia como un modo de prepararse para la noticia que su corazón presentía. El tío Armendáriz, que fue su protector y su jefe en las guerras del Nuevo Reino de Granada, tampoco ignoraba que ya había visto a Ursúa por última vez, y tras tomar los hábitos alternaba recuerdos y rezos con el también retirado obispo La Gasca en un monasterio de Palencia. No sé si alguien les contó a los parientes en Navarra que el peor fruto de aquel viaje había sido la muerte de uno de los muchachos a manos del otro. Nadie llegó a conmoverse en su tierra con los títulos que Ursúa obtuvo en estas provincias de ultramar.

La fama seguía siendo para los grandes triunfadores y para aquellos que volvieron cargados de oro a la península. El mayor de ellos fue Hernando Pizarro, quien al salir del Castillo de la Mota, donde pagó veinte años de prisión mientras en el Perú sus hermanos mataban y morían, se casó con su propia sobrina, Francisca, prima de Inés de Atienza e hija de Francisco Pizarro, y disfrutó con ella su herencia copiosa durante dieciocho años.

El marqués de Cañete no alcanzó a deplorar la suerte de una expedición en que había puesto tantas esperanzas y tantos recursos. Más tardó Ursúa en salir de Santa Cruz que el virrey en morir de malos aires frente a la cordillera con cimientos de plata, y lo que recibió, sin duda Ursúa no lo envidiaría: un funeral magnífico con siete obispos vestidos de púrpura, un sueño lujoso en el lecho mullido de terciopelo de un sarcófago con enchapes de oro.

Nosotros seguimos todavía muchos meses bajo la locura tenebrosa de Aguirre, cada día más infame y más cruel, pero cuando por fin salimos al mar y torcimos el rumbo de nuevo hacia la isla de las perlas, comprobamos que apenas comenzaban sus crímenes, cosas que llenaron de espanto el litoral y los reinos, y de indignación y de alarma a la corte.

No porque Aguirre fuera más malvado que otros, sino porque sus víctimas no fueron como siempre millares de indios sino decenas de españoles, porque sabiéndose condenado y perdido nada podía perder con rebelarse, y se atrevió a enviar una carta sacrílega a Felipe II, llamándose traidor, con orgullo, a sí mismo, pretendiéndose rey de las Indias, anunciando su propósito de volver al Perú a apoderarse del virreinato, y afirmando haberse convertido en la ira de Dios.

Han pasado los años y ahora puedo hablar de estas cosas con voz serena y casi con mi espíritu. Después de que el tirano fue derribado en el último instante, más por el pavor de sus propios hombres que por las partidas reales que pretendían detenerlo, su cruel esbirro Antón Llamoso, asesino de Ursúa como los otros y verdugo solo de la hermosa Inés, huyó de Barquisimeto donde el tirano, como última hazaña, acuchilló a su propia hija antes de ser ultimado por dos disparos de arcabuz.

Llamoso pasó por El Tocuyo, donde sería descuartizado su jefe y donde iban a exhibir su cabeza, cruzó la cordillera, entró en el territorio del Nuevo Reino de Granada, pasó huyendo por Mérida, en la provincia de Tunja; tratando de estar cada vez más seguro pasó por los bosques de Bochalema y de Chinácota, y entró una noche en Pamplona, donde sin identificarse pidió asilo a los gobernantes de la villa. No sabía a dónde estaba llegando pero sin duda fueron Ursúa e Inés quienes guiaron sus pasos. El alcaide de la ciudad había recibido noticias de la rebelión, con el pregón alarmado de los nombres y el historial de los rebeldes, y como en estas tierras todo se sabe, comprendieron que el recién llegado era el puñal más sanguinario de Lope de Aguirre.

Llamoso llegaba precisamente a la ciudad que había sido fundada por Ursúa, todavía gobernada por el más fiel amigo que el gobernador tuvo en el Nuevo Reino: el viejo y sereno Ortún Velasco. Como Inés por la selva corriendo hacia el cuchillo, Llamoso sin saberlo corrió por las selvas del Catatumbo, y por los bosques solares, para llegar puntualmente al patíbulo.

Como nunca he creído que la sangre borre la sangre, la libertad fue mi única venganza, y la vida fue mi recompensa. También yo vine a Pamplona y escuché de labios de Ortún Velasco una parte vieja de esta historia: el avance de Ursúa por el país de los chitareros y el año en que estuvo escondido en la villa. Después hablé con el beneficiado Juan de Castellanos en Tunja, y alimenté sus versos contándole en detalle las aventuras de su amigo, desde cuando ellos dos se separaron en Santa Marta, y él y yo nos encontramos en Panamá, hasta cuando la serpiente cerró sus anillos sobre nuestro destino. Ya estaba empezando a escribir sus versos, y ya la memoria de Ursúa estaba en ellos, pero también a él le conté lo que ignoraba del viaje en que fuimos en busca de la canela.

Entonces vine a esta región de Santa Águeda del Gualí, desde donde se ven sierras secas que parecen ocultar templos indios, y conocí por fin al licenciado Jiménez de Quesada, que me contó tarde a tarde su viaje por el Magdalena y el hallazgo del reino de los muiscas en la sabana. Ahora escribe un libro sobre las guerras de Italia, para no pensar tanto en la lepra manchada que se está apoderando de su cuerpo. Pero no hay que creer que con Ursúa y Aguirre llegaron a su fin las locuras de esta desaforada conquista. Jiménez de Quesada acaba de volver de una derrota casi más espantosa que la nuestra.

Y aquí podría comenzar a contar la historia de un hombre que dirigió hace treinta años la tercera expedición más exitosa del continente, el hombre que descubrió con sus tropas de verdad Eldorado, allá, en la sabana interminable, a 2.600 metros de altura, un reino que les dio en pocos días doscientos mil pesos de oro puro y un cántaro lleno de esmeraldas; la historia de ese hombre que después de hacerse rico volvió a

España y fue el primer adelantado de conquista que de verdad pudo gastarse en la península, en trajes fanfarrones y banquetes vitelianos, en mesas de juego y en escandalosas propinas, una fortuna inmensa; de ese hombre que, empobrecido otra vez por la vida crapulosa de los garitos, por la baraja y el dado, el monte, la banca, el bisbís, las tablas reales, el cacho, la chueca, la taba y la flor, gastados ya el oro, la leyenda y la gloria, regresó ya mayor a las Indias a comenzar de nuevo, y en plena ancianidad volvió a verse cegado por las leyendas.

Supe por sus propios labios que, enterado de la historia de Ursúa, de quien se decía que había perdido todo a las puertas mismas del paraíso, armó otra expedición delirante para alcanzar lo que Ursúa no había encontrado, y salió de Santafé en la sabana de Bogotá en abril de 1569 con cuatrocientos españoles, mil quinientos nativos, mil cien caballos, «con perros, cerdos, gallinas, esclavos, mujeres de servidumbre, cocineros y ocho capellanes» a conquistar los llanos infinitos, para caer por el norte sobre la selvática ciudad de Manoa, y fue detenido muchos meses después por el invierno inesperado y por la muralla de agua de los ríos de la selva, y perdió trescientos treinta y tres españoles, mil cuatrocientos noventa y seis indios, mil ochenta y dos caballos y seis sacerdotes.

Pero no es con una crónica de estos tiempos últimos con lo que pondré fin a mi largo relato de los dos viajes al río que me impuso mi extraño destino. Sino con estas páginas que he rescatado del final de mi aventura, cuando en Barquisimeto sus soldados mataron de pronto a Lope de Aguirre, y su cabeza fue exhibida en una jaula para consternación de los reinos. Porque fue allí donde descubrí por fin la razón de ser de mi viaje, la enseñanza que tenía guardada en sus escamas la serpiente sin ojos, como llaman al río las gentes de la selva.

El sueño

Habíamos zarpado de una orilla tras la cual se amontonaban las barcas, y vimos pasar por el cielo una bandada de garzas blancas seguidas por un solo cormorán negro, que iba graznando. Recuerdo eso, que las garzas eran silenciosas pero el cormorán graznaba de un modo triste. Avanzamos por el río y de pronto, sin haber desembarcado, ya estábamos a las puertas de una ciudad. Pero aunque en el sueño se decía que eran las puertas, lo que vimos fueron grandes peñascos y en medio de ellos un torrente que descendía y que había labrado cavernas en la piedra. Avanzamos a caballo por la selva, sobre hojarasca primero, después sobre suelos de musgo, y finalmente sobre caminos de barro donde se hundían profundamente las patas de los caballos. Entonces sí apareció la ciudad, pero sus murallas estaban totalmente cubiertas de limo verde, y brillaban al sol, pero atrás la ciudad estaba oscura, y apenas se insinuaban los templos. Yo tuve la certeza, sin haberlos visto, de que en esos templos abundaban las calaveras de hombres muertos, y que había altares para el sacrificio, y entonces vi a Ursúa entrar en la ciudad, seguido por sus oficiales, y yo estaba con Z'bali, con Oramín y con Unuma, y detrás estaba la legión de los indios de la cordillera, que no se mezclaban con los indios de la selva, aunque entendían sus palabras. Cuando por fin entré oí los tambores, y vi las cascadas que caían de los peñascos, el cañón enorme junto a la ciudad por donde iba serpenteando un río, y vi a Ursúa y a Inés sentados al banquete con las amazonas. Un hombre de piedra estaba encogido en el centro de un salón, a la luz de la luna, viendo avanzar por el suelo dos serpientes. De pronto una mujer cruzó por él como cruza un pez por un reflejo en el agua, la mujer tenía rostro bestial. Ursúa señaló a lo lejos, en el fondo del espejo, los barcos del rey, y eran muchos, y llenaban el horizonte, pero no flotaban sobre el agua sino sobre la hierba, y se oían los gritos de doña Inés llamando en vano a Ursúa. Vi la estatua ahora muerta y rota, que seguía mirando con furia desde el pedernal, y su barba no era de piedra, era una barba real, tan larga que salía por la borda y enredaba el curso del barco. Allí el sueño se volvió más confuso. Había bohíos en llamas, había ruedas de fuego como piñas tajadas que rodaban hacia el fondo de una caverna.

31.

ME INFORMAN QUE MAÑANA LLEVARÁN
POR DIEZ RUMBOS DISTINTOS

Me informan que mañana llevarán por diez rumbos distintos el cuerpo del tirano, cuya cabeza sigue siendo feroz en la jaula donde la tienen encerrada. Debo seguir ahora con este relato, al que dediqué tantos días de fiebre desde el momento en que el tirano Aguirre fue derribado a tiros de arcabuz para tranquilidad de los reinos. Muchos folios llené sin tachar cosa alguna, para no darle tiempo al olvido de borrar las historias que Ursúa me contó en vísperas de nuestra aventura.

Cuesta creer que en tan poco tiempo hayamos alimentado y perdido tantos sueños, que nos hayan cercado tantas noches de desvelo y de miedo. Y a mí sobre todo me cuesta creer que de Ursúa, que parecía más vivo que nadie, ya no nos queden más que palabras, frases esquivas como si las quisiera retener en el viento, palabras que tal vez puedan explicar el pasado pero que no podrán decirme mi suerte, qué ha de hacer con su vida un hombre que dos veces descendió por el río, primero por azar, abandonado al querer de las aguas, y después por lealtad, siguiendo a alguien que muy pronto se desprendió de todas las lealtades.

Ahora son grandes mi cansancio y mi asombro, pero en estas horas de vacío, mientras la terrible cabeza se ennegrece en la jaula, más digna ya de compasión que de odio, sólo este devoto río de recuerdos logra ser mi consuelo y mi estrella.

Después de una semana en su jaula, la cabeza se ve reseca y oscura: un pájaro de cólera que las gentes vienen a ver desde muy lejos, sin creer todavía que el peligro haya pasado ya. El hombre dividido en diez partes vuelve a recomponerse en los sueños, vuelve a tiranizar a las gentes bajo la luna despiadada.

Hace sólo tres meses el rumor de que el tirano avanzaba con sus tropas hacia Santafé movió a gentes de todas partes a armar expediciones contra él. En Tunja, el propio poeta Juan de Castellanos abandonó su escritorio y sus letras para ir a castigar al asesino de su mejor amigo. Hombres de Panamá han dicho que otra expedición punitiva se organizó en el istmo y que Alonso de Ercilla, quien ya estaba comenzando a escribir su poema sobre las guerras del Arauco, repuesto de las fiebres que lo retenían y ya listo para viajar a España, pospuso su viaje para participar en la avanzada contra el tirano. Una tercera campaña se preparaba desde Santo Domingo, convocada por los amigos de mi maestro Oviedo.

Increíblemente, la falsa noticia de que Lope de Aguirre había muerto desmovilizó al mismo tiempo las tres expediciones, justo cuando el tirano estaba más vivo y más desenfrenado que nunca. ¿Qué esperanza podía quedar, si los oportunos ejércitos capaces de detenerlo se disolvieron como un sueño debido a esa noticia sin fundamento que sin duda el diablo echó a volar, nadie sabe dónde, y que corrió por tierras y mares con más prisa que los vientos que rugen? Los reinos amenazados bajaron la guardia, y todo pareció quedar a merced del tirano, cada día más loco, con los ojos insomnes más desorbitados y la lengua blasfema cada día más maldiciente. Y, como resultado de un miedo infinito, fueron sus propios hombres quienes lo detuvieron en el último instante.

El hecho de que exhiban la cabeza en una jaula muestra que, muerto, todavía infunde miedo, pero pocos sabrán lo que fue verlo vivo. Esos ojos que lo vigilaban todo y no se apagaban jamás; el rostro sarmentoso, pensativo, ofensivo, que parecía estar siempre frente a nosotros aunque el hombre estuviera de espaldas. Y el extenso camino de crueldades que fue llenando con su nombre: la gente habla ahora de la ensenada del tirano, del recodo del muerto, de las islas del diablo, del campamento de las diez espadas, del río del rebelde y de la playa del traidor, pero esos rastros se parecen tan poco al hombre como al tigre las huellas afelpadas del tigre. Hasta una flor azul salpicada de rojo fue llamada por alguien de las tripulaciones «el ojo de Aguirre».

Nadie sabrá ponerle nombre a esta otra flor, a este fragmento de escombros, la cabeza desgajada, que ya no puede regir ni vigilar el destino de sus propios brazos que han partido rumbo a Barquisimeto, ni de las piernas que andan por Valencia, ni del tronco cuartelado que va viajando hacia Mérida, ni del corazón que arrojarán a las bestias. El que así despedazó los territorios no puede ahora sentir su cuerpo y su sombra disgregados por la derrota. Yo habría preferido que lo sepultaran entero, bocabajo, en una caja de plomo; temo que ese cuerpo y esa sangre que vuelven destazados a la tierra contagien su horrible disgregación a las cosas y hagan que la selva odie el llano, que los ríos odien el mar al que buscan.

Alguien que de tal modo supo ser maldición en la vida puede también ser maldición en la muerte. Ahora, necesitamos descargar el terror de los días, dispersar las sombras malignas y triunfar sobre su espectro; no podemos darle como limosna final la oportunidad de que algo suyo siga sembrando de males la tierra.

Vuelve a mi mente el recuerdo de Ursúa. Vuelvo a poner en sus labios el relato que me hizo una noche mientras viajábamos por el río:

«Por llanos de Venezuela, hace más de veinte años, cuando estaban aquí los alemanes, un mozo llamado Pedro de Aranda se recostó cierto día en un tronco mientras descendía la barranca buscando el agua de un estanque. El tronco se movió bajo su mano. Aranda dio un salto y comprendió que aquello no era un tronco sino el cuerpo de una enorme serpiente. La cabeza tenía el tamaño de la testa de un toro, y de ella asomaba una lengua bífida y negra. Aranda sintió un pasmo que lo hizo perder el control, y se diría que no fue él sino su miedo lo que disparó la ballesta contra la cabeza de la serpiente, y le clavó la primera flecha en un ojo. Esto desató en el animal contorsiones tan brutales de dolor y de furia, que, azotando con la cola los árboles, partía ramas y aventaba el follaje. Quienes miraban desde lejos vieron que al abrir y cerrar las enormes mandíbulas partía leños y piedras con ellas. Todos iban huyendo y sólo Aranda, más por terror que por valentía, siguió disparando flechas contra la cabeza de la serpiente, que al cabo de un rato perdió fuerzas y comenzó a agonizar. Cuando la vieron débil y moribunda, los soldados, que se habían escondido en los bosques, se animaron por fin a acercarse. Y ocurrió una cosa despreciable, porque entonces sí, cuando la vieron inmóvil y vencida, todos empezaron a golpearla con ramas y a clavar en el cuerpo desmadejado las espadas: los mismos que huyeron cuando estaba viva, al verla muerta se encarnizaban con ella y la destrozaban. Los cobardes se ensañan con la debilidad».

Aún me parece verlo, hablando del valor y el honor, de la arrogancia ante los enemigos, y me vuelvo a mirar la cabeza negra del tirano dilacerada por los que le temían, contemplo pensativo la irrisoria cabeza del loco, un objeto entre los otros, pero cargado de pasiones e historias, y condensando los miedos de un mundo.

Si yo hubiera hecho ese viaje muchas veces, las imágenes terminarían sustituyéndose y no sabría ya cuándo voló la flecha hacia el ojo o dónde vimos la humareda, pero dos ocasiones intensas, alejadas tanto en el tiempo, pueden conservar su integridad, y más aún si rostros y voces distintos dan sentido a los hechos. Ahora sé que la primera vez me aterraba y me deslumbraba el mundo exterior, cada instante era el comienzo de una historia, íbamos hacia la noche de los árboles, hacia una tierra que nadie había visto, tal vez hacia el despeñadero de los mundos, y el viaje estaba lleno de voces sobrenaturales, de criaturas fantásticas, de multitudes ocultas que nos vigilaban; la segunda vez padecíamos el mundo casi sin mirarlo, el miedo a las selvas había cedido su lugar al miedo a los hombres, la noche estaba en el alma, lo desconocido eran los corazones, y la conciencia de estar vigilados noche y día no nacía de las miradas de los monos y de los pájaros sino de los ojos móviles de Lope de Aguirre, que todo lo advertían.

La pesadilla que éramos nosotros para los indios es la misma pesadilla en que se convirtió Aguirre para los miembros de la expedición. Como ya he dicho, no se lo llamó tirano por ser tan sanguinario, pues derramar la sangre era el oficio de aquellas expediciones: lo que le ha dado su leyenda y su sombra es haber sido el asesino de 72 españoles y haberse atrevido a alzar su voz contra la corona.

Porque en el mundo se necesitan valor y locura para negar al rey y desafiar sus ejércitos. Y por ello también es motivo de asombro para mí que el destino me haya permitido conocer, día tras día, a dos hombres tan semejantes y tan distintos como Gonzalo Pizarro y Lope de Aguirre, que en un lapso de veinte años se atrevieron a alzar el mismo grito de rebelión, que avanzaron sin rey y sin Dios por estas tierras vertiginosas, y en cuyas sienes afiebradas la locura iba tomando lentamente la forma de una corona de oro.

Digo valor y locura, y esas palabras describen bien a los dos, aunque en Pizarro primaba el valor, la demencia en Aguirre.

Y acaso los recuerdos que tengo del río están sin remedio alterados, deformados por esos dos capitanes salvajes. En todo caso, el de Pizarro era un recuerdo menguante, cada día existía un poco menos y por ello la selva y el río existían cada día un poco más; en el segundo viaje la presencia de Lope se agravaba día tras día; el río y la selva parecían atenuarse o borrarse ante la intensidad de su mirada.

Y se abrió una caverna en la tarde

Y se abrió una caverna en la tarde,
cada criatura habló en su lengua,
hubo relatos de plumas y relatos de escamas,
y los niños que tiritan en el raudal aprendiendo a custodiar
                                                    [la memoria
eran ya los guardianes de los secretos del lenguaje.
Porque la selva no es silencio, es el lenguaje más abundante,
es allí donde están todas las palabras y donde están más vivas:
son caminos y puentes, medicina y conjuro,
redes que no dejan penetrar a los enemigos
y puertas que se abren en los peñascos.
Son las formas incontables
y el veneno y el remedio que hay en las formas.

32.

TODO ACABA DE OCURRIR,
PERO ME SIENTO HABLANDO DE DÍAS VIEJOS

Todo acaba de ocurrir, pero me siento hablando de días viejos, de tiempos que parecen perderse en la leyenda. Y entre esas nieblas escucho todavía el rumor incansable del agua.

Es asombroso comprobar que vimos más la selva cuando íbamos huyendo de ella que cuando quisimos ir a su encuentro. Bajo la expedición de Orellana la selva existía, los seres del río se mostraron, las poblaciones de la orilla nos hicieron sentir sus tambores, sus rezos, sus humaredas y sus cantos. También sus flechas, sus conjuros, sus dádivas. En la desesperada campaña de Aguirre los viajeros sólo se veían unos a otros, se vigilaban con angustia, llenos de recelo y de odio. Cada uno sentía que el mayor peligro eran los otros, y Aguirre despertaba cada día con la necesidad de deshacerse de alguien más.

A medida que crecía su locura, su poder se hacía más grande y ante el solo brillo de sus ojos los hombres temblaban. De repente el tirano estaba en la cubierta de todos los barcos, como si se multiplicara, y nos espiaba también en los sueños. Era un extraño modo de no ver la selva, de no escuchar su canto, de no sentir la voz poderosa del río, que habla de los misterios de la tierra, del propósito que habita en las semillas, en las flores que atraen a los moscardones, en la oscuridad del follaje donde de golpe el atardecer enciende de rojo algún pájaro desconocido.

Ahora sé que fue la selva la que bruscamente se apoderó del destino de Lope de Aguirre, cerró sus ojos al misterio del mundo, y ya no le permitió ver más que lo que había en su alma. Tal vez los dioses protegen el mundo enloqueciendo a los hombres, haciendo que al final vuelvan contra sí mismos sus aguijones, y en ello no hay maldad, porque la selva no piensa ni conspira, sino la oscura ley de la vida protegiendo sus secretos.

Por eso no me interesa contar cómo fue la aventura del viaje bajo los ojos desorbitados de Aguirre: otros la contarán y se sabrá que no fue más que la pequeña combustión de una tropa devorada por su propio miedo, incapaz de amar un mundo al que no podía entender.

Mientras ellos espiaban en sus corazones, en los ojos de los otros, y conspiraban y se destruían, yo procuré hacerme invisible, yo traté de ver la selva a través de los ojos de Amaney, traté de sentir otra vez sus relatos. Y los indios brasiles me enseñaron a desaparecer de los ojos de los capitanes mediante el mágico recurso de no disputar su poder, de no codiciar su riqueza. Busqué consuelo en los árboles, en el canto de los pájaros, en la certeza de las parásitas sobre los troncos, y la selva me pareció intocada por esa pesadilla brutal.

Siempre dijeron que la selva era más cruel que el hombre, que es un infierno mortal, pero la contraria verdad es que en ella todo es vida, la selva más bien es la vida llevada a su extremo, y lo que intimida en ella no es la muerte sino esa agobiante profusión de nacimientos, esa humedad que se abre en líquenes, esas charcas que hierven de criaturas, esas ramas entretejidas de colonias de gusanos en cruz, esos perezosos que se exasperan por el tormento de sus parásitos. La vida es lo agobiante. Y en ningún lugar de la selva nadie podrá afirmar que vio el odio, porque ninguna criatura siente odio sino nosotros.

Sentí que había vivido mi vida como en un sueño, encerrado en la memoria de un mundo lejano, y atrapado en una mirada que deformaba las cosas: el río no era más que una fuga, los árboles eran seres al acecho, los animales ponzoñas y babas irritantes, aguijones y tenazas mortales. Sentí más bien la lealtad de los árboles, esas criaturas que no piden nada y en cambio lo dan todo, y las aguas avanzando a su disolución, y los ojos que miran desde el follaje. No hay maldad allí, no hay nada diabólico, su enjambre no tiene intenciones malignas: sólo necesidad, violencia elemental, vida insaciable y ávida.

Ya sólo vi maldad en esa rapiña que ensangrentaba día a día los barcos, retorciéndose en la demencia. Pero me dije que ese infierno no era mío: si yo debía seguir con la expedición no sería luchando por poder alguno, sino tratando de aprender, escuchando la voz de esa selva a la que sin remedio había vuelto. «Tiene que haber una razón para que yo haya repetido este viaje», pensaba, «y esa razón no era la elocuencia de Ursúa. Algo tiene esta selva que decirme».

Me prometí que sobreviviría, aunque tuviera que padecer la ruindad de los otros. No valía siquiera rebelarse: yo debía salvar mi libertad en el corazón de un infierno sin luz. Y el cielo ya no era una cosa inmensamente lejana sino un follaje por el que se puede trepar y aprender.

Me apliqué a interrogar la razón de aquel viaje. Mientras el tirano se iba apoderando de las voluntades y sembraba la muerte, aprendí a rechazar ese impulso a dominarlo todo, a profanarlo todo. Y despojado de mi dura piel de conquistador me alcanzó de repente el amor de esa india que dejé abandonada en la isla, mi madre de piel oscura, que sin duda murió pensando en mí, reconocí el lamento de un mundo postergado, de una vida que no ha sido dicha.

Esa era la otra mitad de la historia, el manantial del sueño, la razón por la cual vivir en el mundo exige amarlo, protegerlo y curarlo, evitar que la codicia lo profane y lo destruya, porque lo único que permite entender a la selva es el lenguaje del respeto y de la gratitud.

Entonces Amaney, mi madre india perdida, empezó a hablarme como no lo había hecho nunca, y sentí que su tumba solitaria, allá en las colinas de La Española, también empezaba a conversar con las nubes y con los alcatraces.

Lo que le dijo el agua

Que el sueño es el cielo de adentro, la puerta al mundo verdadero.

Que los árboles son de carne y los ríos son de sangre, que los pájaros son pensamientos y las lluvias son recuerdos y el cielo está lleno de antepasados despiertos.

Que los sonidos más poderosos son los que están guardados; el sonido callado que te protege, como las flautas debajo del agua, y que el cuerpo tiene que luchar toda la noche con el río.

Que hay un ser de música hecho de miles de alas, y hay estrellas que escarban entre los nidos.

Que cuando pasa la luna llena de lanzas de la selva, todos saben que la flecha es una palabra mortal, que a veces viene pintada de fiebre y de sueño.

Que en realidad nadie se muere, que nadie se aleja, que en la selva están todas las voces, del que vuelve a ser pez y el que vuelve a ser pájaro, y del que vuelve a ser jaguar, que tiene en su cuerpo el árbol y el agua, el viento y las cosas del cielo.

Que las hormigas suben por el atardecer y se vuelven la noche.

Que todas las cosas son de la noche, pero que bajo la tierra viene otro sol alimentándose de las raíces, y viene a llenar el mundo de hambre y de fatiga, y que sólo podemos mirarlo cuando viejo y enfermo deja toda su sangre en el río.

Que nada es tan hermoso como el atardecer, porque ya se están preparando en la garganta de la selva los cuentos de la noche.

Que mientras haya cantos y cuentos la selva no se mueve. Que sólo con canciones se gobiernan las cosas, que los rezos hacen a la selva segura como una caverna.

Que una orden jamás es un grito, que toda orden de verdad es callada. Que el pájaro nunca rompe el silencio, sino que sabe siempre cómo entreverar el canto en el tejido de la selva.

Que una cama está muerta y una hamaca está viva.

Que las palabras tienen que tejer cada día la casa de la vida, alejar la humedad, hacer firmes las vigas, mantener el tejido de los árboles para que no se caiga el cielo.

Que lo único que no se puede decir es cómo actúan las palabras, de qué manera sostienen el cielo en su sitio, cómo mantienen vivos a los padres de hace mucho tiempo, y cómo sacan los secretos del árbol, las sales de la tierra, los huéspedes malignos de los cuerpos, el veneno de la sangre.

Que no hay que caminar con fuego en la noche, que hay que dejar que la luz que hay en las cosas ilumine el camino, que hay una claridad que viene de las cosas, que los ojos beben mejor la tiniebla que la luz.

33.

ENTONCES LA SELVA ME CONTÓ
DE OTRA MANERA LA HISTORIA

Entonces la selva me contó de otra manera la historia de Ursúa. Un hombre atrevido con los hombres pero lleno de miedo con el mundo; frágil como todas esas criaturas que no pueden andar por los suelos sin espinas de hierro, sin corazas y sin lenguas de fuego. Él era lo verdaderamente peligroso: no el escorpión ni la mantarraya, no el gusano sensible ni el jaguar inocente como una orquídea.

¿Quiénes somos nosotros sino esos seres incapaces de estar de verdad en el mundo porque en todo encontramos peligro, porque todo amenaza, porque en nuestro recelo los ríos ahogan y las serpientes estrangulan, la avispa inyecta fuego y la mariposa nombra la muerte, la araña es su ponzoña y el pez en el agua una hilera de dientes voraces? Pasamos por el mundo profanándolo todo hora tras hora y siempre soñando con un mundo mejor, más lleno de tributos y de esclavos. No entendemos la casa que nos dieron, creemos que vinimos a mandar, ejecutores de una ley tan ciega como nosotros mismos.

¿Y qué era, pues, Ursúa? Alguien empeñado en sentirse más bello que el mundo, más valioso que el mundo, a quien el mundo debía tributar noche y día. Aquel que siempre comió trigo pero jamás sembró una espiga; porque el que siembra tiene que hacerse amigo de la tierra y cómplice de la lluvia, hacer alianzas con los hongos y con las hormigas.

Uno a quien los ríos debían darle sus peces sin que jamás agradeciera por ellos, a quien las tumbas debían entregar sus tesoros pero arrojaba las reliquias al basurero.

Y ese sol empezó a vivir su eclipse cuando la luna se tendió sobre él, porque sólo con ella conoció un poco de sosiego, el deleite impensado de vivir sin zozobra, sin padecer otra tiranía que la carne desnuda. Pobre Ursúa: cómo se desconcertó cuando aprendió en Trujillo a ser el niño que nunca había sido, a mamar la leche de un seno amoroso, cuando comprendió con horror que no quería hablar de guerras ni de expediciones porque había encontrado de pronto su jardín en la tierra.

Se habría quedado allí para siempre, a la orilla de ese río de leyendas, a la sombra de esa tierra desnuda que perfumaba como hierba y que sabía a canela y a frutas, que susurraba secretos y reía y jadeaba y gemía y tornaba a reír; pero forzado por el deber tuvo que alzarse del lecho del amor y echarse otra vez la guerra a cuestas, llevarse a hombros un ejército cada vez más odioso, ir arrastrando por las selvas un pesado manto de barcas y de navegaciones, de montes y de esclavos, de caballos y de traiciones.

Lo único que lo había salvado siempre era el cerco de sus amigos agradecidos, esos que eran capaces de verter su sangre por él y por los que él había vertido su sangre; y ese cerco amistoso fue desapareciendo a medida que Ursúa se enclaustraba en su nueva locura, porque ya no quería salvar a nadie más que a sí mismo y a su mestiza insaciable, ya no quería morir por nadie más, y esa intranquila felicidad lo iba haciendo cada vez más frágil.

Esto era lo que los otros sentían: que él los había traído a la frontera de los riesgos mayores y de repente los abandonaba sin rumbo, no contagiaba ya el entusiasmo con que los arrastró a la aventura, y nada lograba prometerles, ni riquezas ni hazañas, pues se iba convenciendo de que el país por el que se adentraban no les daría lo uno ni lo otro, ni el láurel de las batallas feroces ni el oro de los altos imperios; de modo que su hazaña y su premio sólo estaban ya en el abrazo de Inés, y ese amor tormentoso a la orilla de una pregunta infinita fabricaba el cerco de hierros hostiles que les daría su única respuesta.

«Si salgo de aquí», me dije, «voy a contar la vida de Ursúa; cuán insistentemente intenté disuadirlo del viaje, cómo al final sólo viajé con él por no dejarlo solo con su destino. Voy a contar la muerte de Ursúa, asesinado diez veces en el corazón de la selva, y el modo como en estos confines nació algo más salvaje que la selva y que el río. Y voy a hablar del tesoro secreto que se encuentra en el fondo de las arboledas, en la piel tachonada del río, en lo que cuenta el agua sin cesar a los árboles, ese misterio antiguo que susurra en el limo la serpiente».

Y es que a medida que viajaba por el río iba hablando con él en mi mente, no midiendo mi fuerza con las suyas como en el primer viaje, sino aprendiendo mi fuerza y mi medida, viendo en un espejo feroz cómo se devora a sí misma la araña que pretende hacerse más poderosa que el mundo, y sólo se salva lo que acepta pasar como pasan el viento y el río.

Sé que si el río ciego me ha salvado, sólo será por unos años. Ursúa no podía salvarse, porque el destino que invocaba no tuvo nunca en cuenta la voluntad del agua; la bella Inés miraba poco el mundo, no entendió lo que nos enseñan la noche y las cosas. Y el desquiciado Aguirre, el domador de potros, creyó que podía cabalgar la serpiente de agua, someterla a su mando, como si la serpiente no conociera mejor su camino que cualquier hombre.

Cuando por fin salí de aquel vórtice de crueldad y de locura, juro que no me reconocí en el espejo, como si fuera otro, como si los rasgos de alguien muy antiguo se hubieran apoderado de mi cara. Ahora el río hablaba en mis recuerdos, y con mi voz tejía su propio relato. Porque no hay gran diferencia entre un hombre y un río: ambos nacen en lo oculto y mueren en lo inmenso; siguen un rumbo que apenas modifican los accidentes; cada uno está solo con sus dioses, y lleno de seres desconocidos. Y no deja de huir ni un instante, y se alimenta de vidas ajenas, y apenas deja de ser lo que huye para diluirse en lo que permanece.

El río no sentirá sobre su lomo el peso de los tiranos, de los jinetes de la guerra, no puede preguntarse hasta cuándo navegarán por él los que juegan a ser dueños del mundo. Porque sólo ellos pueden creer que son dueños del mundo: el manatí bosteza, la danta ríe, la boa se contrae indiferente. El día en que el río comprenda que el asunto ha ido demasiado lejos dejará de mostrar su lomo de escamas luminosas, dejará de ofrecer su silbo de agua, dejará de atender a sus palpitaciones y volverá hacia el mundo las fauces enfurecidas. No será como la serpiente de Pedro de Aranda: no morirá picado por las flechas, ni tasajeado por la espada, ni macerado por la piedra filosa.

Porque esta gran serpiente es el lecho del que dependen nuestras vidas: la vida de los guerreros en sus tiendas ante las hogueras nocturnas, la vida de los cardenales en sus cámaras solemnes, la pobre vida de los reyes en sus tronos de sangre, y hasta la vida del escuálido papa agobiado por su tiara de oro con estrellas. Y llegado el día del desgarramiento, todos nos hundiremos como se hunde la mancha de hormigas recogidas por la corriente.

Es el río quien respira en nosotros, quien palpita en la sangre, quien resbala en el tiempo, quien resuena en la tempestad. Y es anterior a la savia de los troncos y a la sangre de las venas; anterior a los hombres y a los dioses, hermano de la piedra y de la estrella. Es la música que declina sin fin hacia su muerte blanca, la serpiente sin ojos, el árbol de los frutos, la forma del destino, la canoa que va sembrando de hombres las orillas, y en su piel que resbala veremos otra vez cada noche, hasta el fin de la vida o del mundo, el mapa desplegado de las estrellas.

NOTA

La escritura de estas novelas cambió mis hábitos sedentarios, y si no me ha convertido en un aventurero, al menos ha logrado hacer de mí un viajero entusiasta. Algunos sitios quisieron ocupar su lugar en el relato, de modo que ciertos capítulos de *Ursúa* y de *El País de la Canela* nacieron del contacto con la fortaleza de Oviedo en Santo Domingo, de algún viaje memorable desde Panamá hasta Nombre de Dios y Portobelo, de un viaje de muchas horas en chalupa por el río Magdalena, desde Barranca Bermeja hasta Mompox, de travesías por los bosques de palmeras del Tayrona, por Pamplona, el cabo de la Vela, el cañón del Cauca, el faro del Catatumbo, o San Sebastián de Mariquita. Hace ya siete años, cuando presentaba *Ursúa* en Trujillo, en el Perú, bastó que mencionara los nombres de Blas de Atienza y de su hija Inés para que los asistentes me dijeran que precisamente en el sitio donde hablábamos había estado el acueducto que hizo aquel hombre, y que muy cerca de allí estaba la casa. Hay detalles, como los lobos de la catedral de Santo Domingo, los insectos del istmo de Panamá, las paredes con dibujos de la Huaca del Sol, o los estanques rectangulares de la ciudadela de Chan Chan, que no habrían aparecido en la novela si yo no los hubiera visto en algún viaje.

Estas novelas sobre los primeros viajes de los europeos al Amazonas sólo pretendían inicialmente ser un relato, pero la vida las fue ensanchando y llenando de cosas. Como lo he dicho en los libros anteriores, todos los hechos que se cuentan ocurrieron realmente, pero acaso sea lícito intentar descubrir cómo ocurrieron, tratar de hacer vívidos y a veces patéticos los datos de la historia. Cuando leí la admirable *Historia de la conquista del Perú,* de Prescott, me pareció una novela tan bella y tan deslumbrante, que por un tiempo consideré vano volver a contar estos hechos. «Si Prescott ya relató el viaje al País de la Canela, voy a renunciar a mi novela», me dije. Asombrosamente, era uno de los pocos episodios que el historiador no había recreado en esa obra que un poema de Borges celebra para siempre.

Me atrevería a decir que mientras los escribía he vivido estos libros. Me veo recorriendo Cuzco y Lima, repitiendo en un autobús el camino de Orellana desde Quito hasta la confluencia del río Coca y del río Napo, volando sobre Manaos, viendo el modo como se unen sin mezclarse el Amazonas y el río Negro, visitando El Tocuyo, donde termina esta historia, y tratando de imaginar la jaula donde exhibieron la cabeza de Lope de Aguirre.

Algunos de los hechos narrados fueron revelaciones de esos viajes, alguna información esencial no me llegó de libros sino de conversaciones casuales. Baste contar que navegando por el Amazonas, cerca de Manaos, vi una tarde una canoa de niños indios que llevaban animales, monos, guacamayas y una boa de gran tamaño. La imagen me siguió de tal manera que los viajeros de la expedición de Orellana la vieron al pasar por esa región, y así quedó relatada en *El País de la Canela.* Tiempo después, investigando detalles geográficos para el presente libro, quise saber con precisión dónde estaba el campamento en el que Lope de Aguirre y los demás conspiradores mataron a Ursúa. El asesinato se había cometido en Machifaro, y fue grande mi asombro cuando descubrí que la muerte de Ursúa había ocurrido precisamente en esa región donde vi la canoa con los niños en mi viaje a Manaos. Así que el narrador, al relatar el asesinato, no pudo impedirse recordar que en ese sitio había visto la canoa de los niños veinte años atrás.

La pertenencia de Inés a la familia del inca Atahualpa nunca ha sido confirmada, pero es un símbolo de la mezcla de las dos culturas que testimonia también la unión de Francisco Pizarro con la ñusta Cuxirimay Ocllo, y los hijos que nacieron de ella. Es verdad que el virrey Núñez de Vela se hospedó en la casa de Atienza cuando Inés era niña. La historia del sobrino del marqués de Cañete es real, lo mismo que el duelo y la muerte de Pedro de Arcos.

No hay pruebas de que Ursúa haya sido enviado por el virrey a presentar sus disculpas a la viuda, pero Ursúa era muy cercano a la casa virreinal y de alguna manera tuvieron que conocerse los amantes. El nombramiento inesperado del nuevo virrey es un hecho que cuentan todas las crónicas de la época, y la muerte insólita de Diego de Acebedo ocurrió en realidad, aunque las circunstancias de esa muerte a orillas del Guadalquivir son una licencia del narrador.

El hecho más asombroso de este relato, la expedición de diez mil indios brasiles en busca del nacimiento del río, está documentada por los cronistas, y Francisco Vásquez, el principal relator del viaje a Omagua de Ursúa y de Aguirre, alude a ella. Es un hecho cierto pero nunca suficientemente explicado, y la del narrador es una de las muchas explicaciones posibles. La campaña infernal de Aguirre ha sido contada muchas veces en el pasado y lo será en el futuro, pero no es parte fundamental de este relato.

Con los años he aprendido que *Ursúa* es un libro de guerras y *El País de la Canela* un libro de viajes. Pero a medida que avanzaba en *La serpiente sin ojos* fui comprendiendo que esta era, ante todo, una historia de amor. También debo decir que el protagonista central de estas tres novelas es el hombre que las narra, cuyo nombre yo ignoraba al comienzo, porque era un personaje de ficción, pero que a medida que investigaba se fue convirtiendo en un ser histórico. Hasta el nombre del personaje me fue impuesto por el relato, pero ahora es ya su nombre verdadero porque en algún momento de este libro Ursúa se animó a pronunciarlo.

La voz de este narrador era al comienzo, casi sin dudas, la de un español; después, con harta incertidumbre, la de un mestizo, y al final intentó en vano hablar como un nativo de este continente, pero se encontró más bien asediado por un rumor de voces desconocidas que no siempre era capaz de entender. Tal vez Juan de Castellanos tenía razón, y los hechos de aquellos tiempos no podían ser un cuento si a la vez no eran un canto. Frases sueltas, como las que pronuncia un hombre ebrio o sonámbulo, cruzan a veces como ráfagas, y son todo lo que el narrador pudo rescatar de las voces del camino, de su descenso por el río, bajo el poder de la codicia o de las furias, y de su extravío en el corazón de la selva.

Los lectores curiosos podrán encontrar la fuente de estas novelas al final del primer volumen de las *Elegías de varones ilustres de Indias*, de Juan de Castellanos.